MATSUMOTO

La Voix

Récits policiers traduits du japonais
par Karine Chesneau

Éditions
Picquier Poche

Mas de Vert
B.P. 20150
13631 Arles cedex

En couverture : Illustration de Bénédicte Guettier

Conception graphique : Picquier & Protière

ISBN : 978-2-87730-260-9
ISSN : 1251-6007

Sommaire

LE COMPLICE

1

Hikosuke Uchibori croyait en sa réussite. Toute la ville de Fukuoka connaissait son affaire, un magasin de meubles vendus à crédit. Le « Grand Magasin du Meuble », comme l'annonçait la publicité. En l'espace de cinq ans, l'homme avait bâti sa réputation et son commerce s'était remarquablement développé, à la surprise des professionnels installés depuis longtemps dans la région.

Sans doute devait-il son succès à l'expérience qu'il avait acquise au cours des longues années où il sillonnait le pays en tant que représentant de commerce, dans un autre domaine cependant. Pendant quinze ans, il avait démarché auprès de la plupart des grands magasins et grossistes pour vendre de la faïence, une marque réputée, exportée jusqu'en Inde et dont sa société détenait les droits exclusifs de distribution.

Hikosuke passait la porte des grossistes de chaque région, tenant à la main une valise pleine d'échantillons présentés avec goût. Il montrait sa collection, prenait les commandes et récupérait les chèques des arriérés. Puis, sans perdre une minute, se dirigeait vers le client suivant. Un programme chargé qui l'obligeait à consulter en permanence les horaires de train. Telle avait été la vie de Hikosuke.

« A force de parcourir le Japon toute l'année, vous devez connaître beaucoup d'endroits intéressants », lui disait-on souvent. Un tel manque de clairvoyance l'irritait.

Car il voyageait pour son travail et non pour son plaisir. De la gare, il se rendait directement chez son client. Ensuite, il visitait en courant deux ou trois autres magasins avant de retourner rapidement à la station, pour repartir immédiatement vers sa prochaine étape. Il était tenu de respecter un emploi du temps très serré. Et même dans le train, il n'observait pratiquement jamais le paysage, occupé à remplir les bons de commande et à vérifier chaque compte. Quand il avait terminé, il regardait par la fenêtre d'une manière forcément distraite, car son esprit préoccupé par toutes sortes de problèmes – insuffisance du nombre des commandes, retards de paiement, chèques sans provision, réclamations de la clientèle... – le rendait indifférent au panorama.

La nuit, la nécessité de faire des économies l'obligeait à descendre dans les auberges les moins chères. Et chaque fois qu'il se retrouvait dans une station thermale ou un célèbre site touristique, il se sentait déprimé. Voir tous ces gens se divertir lui faisait prendre conscience de sa misérable condition. Comme lui, c'étaient des voyageurs et pourtant... quelle différence ! Avec sa vieille valise en aluminium et ses vêtements poussiéreux, il se comparait à un autre, élégant, chic, habillé à la dernière mode, un appareil photo en bandoulière et une jolie femme à son bras. Il y avait des nuits où, étendu seul sur son matelas mince, il ne pouvait s'endormir, taraudé par la jalousie à l'égard de ces inconnus.

Cette vie, c'était encore celle de Hikosuke cinq ans auparavant. A présent, sa fortune approchait les dix millions de yen, une somme considérable, même si elle incluait son stock de marchandises et les traites des ventes à crédit. Sa situation actuelle lui permettait de s'offrir n'importe quel luxe. Et quand il songeait à son passé, il ne ressentait rien d'autre que de la pitié.

Pourtant, plus que le souvenir des jours difficiles d'autrefois, subsistait la menace sombre d'un mystère qui, depuis peu, surgissait à l'improviste et le faisait trembler.

S'il devait sa réussite à son talent d'homme d'affaires, son capital initial ne provenait pas de son sens du commerce. Jamais un représentant n'aurait pu gagner autant, ses quinze années de pauvreté le démontraient.

En réalité, Hikosuke avait cambriolé une banque pour se procurer de l'argent. Au cours de l'action, quelqu'un avait été tué. Le hold-up avait eu lieu dans une ville où s'élevait un vieux château au bord d'un lac, dans la région de Sanin. Il avait dérobé cinq millions de yen.

Cependant il n'utilisa pas la totalité de cet argent pour constituer le capital de sa fortune actuelle. Comme convenu, il en donna la moitié à son associé de l'époque qui avait insisté pour que la somme soit partagée en deux parts égales.

Cambrioler seul une banque lui aurait été impossible. Il lui avait fallu un compagnon pour le stimuler. Mais laissons là ces détails d'ordre psychologique. C'était, en tout cas, un travail qui nécessitait un deuxième homme.

Son complice s'appelait Takeji Machida. Il avait trente-cinq ou trente-six ans, environ huit ans de moins que Hikosuke, le visage maigre et sournois, l'air hargneux et le teint blafard. Encore maintenant, Hikosuke se rappelait avec un frisson de dégoût ces yeux froids et délavés, ces lèvres minces avares de sourires.

Représentant de commerce comme lui, Takeji Machida sillonnait également le Japon en transportant une valise remplie d'échantillons. Lui vendait des articles de laque. Les deux hommes avaient fini par lier connaissance après s'être rencontrés à plusieurs reprises chez les mêmes clients.

2

Ce fut Takeji qui, le premier, eut cette idée. D'une certaine manière, on peut donc dire qu'il était le principal coupable. Les deux représentants de commerce, aux perspectives d'avenir nulles, tramèrent leur complot dans une petite chambre d'hôtel sordide. Mais ce fut Hikosuke qui mena l'attaque de la banque. Ayant l'habitude de se rendre régulièrement dans ce petit établissement bancaire pour virer de l'argent, il connaissait parfaitement la configuration des lieux.

Le directeur habitait sur place, au fond des locaux. Ils avaient axé tout leur plan autour de cette information. Vers 20 heures, les derniers employés effectuant des heures supplémentaires éteignirent les lumières et quittèrent les lieux pour rentrer chez eux. Aussitôt après leur départ, les deux voleurs pénétrèrent par effraction.

Sous la menace de leur couteau, le directeur saisit ses clés et ouvrit la porte du coffre-fort. Mais lorsqu'ils commencèrent à bourrer leurs deux sacs de liasses de billets, il se mit à faire du vacarme, et Takeji, sans hésiter, le poignarda dans le dos. Sa femme, qu'ils avaient ligotée, devint livide mais ne poussa aucun cri. Elle s'évanouit. Ce qui explique pourquoi le crime fut si long à être découvert.

Les deux voleurs s'enfuirent avec leur butin et ne s'arrêtèrent pour reprendre leur souffle qu'une fois à l'abri des regards, dans un endroit sombre. Ils se trouvaient dans un champ. Au loin brillait une rangée de lumières espacées, et devant s'étalait une surface noire, un lac vraisemblablement. Malgré la gravité du moment, dans sa fuite, Hikosuke fut sensible à la beauté du site.

Après avoir partagé l'argent à la lumière d'un briquet, les deux voleurs prêtèrent serment.

« Nos relations se terminent ici. A partir de maintenant, nous ne sommes plus que deux étrangers l'un pour l'autre, et nous n'essaierons jamais d'entrer en contact, ni même d'envoyer une seule carte postale. Encore moins de faire connaître notre nouvelle adresse. »

Ils jurèrent avec solennité.

Soudain, Hikosuke frissonna, saisi par un sinistre pressentiment, le poussant à dire ce qui suit :

— Takeji, tu es plus jeune que moi, tu vas donc pouvoir t'amuser davantage dans la vie. Mais attention ! – on lit ce genre d'histoire tous les jours dans les journaux – si tu dépenses beaucoup d'argent d'un seul coup de manière voyante, tu te feras repérer, c'est certain. Surtout, ne touche pas aux femmes. Plus tard, tu pourras t'offrir toutes les aventures que tu désires. Mais pour commencer, mets-toi doucement aux affaires en utilisant cet argent comme point de départ. Ne le dépense pas pour la bagatelle.

Dans l'obscurité, Takeji se mit à ricaner.

— Je pensais justement la même chose à votre sujet ! Les amours des hommes d'âge mûr sont dangereuses. Prenez garde !

Il avait marmonné entre ses dents comme il le faisait toujours, mais le ton sa voix était inquiétant.

— Cela me rassure de t'entendre parler ainsi, fit Hikosuke. Je t'en prie, ne fais pas de bêtises !

Ils se serrèrent la main et se séparèrent. Celle de Takeji était glaciale. Ou bien était-ce la sienne qui était brûlante ?

Cinq années s'écoulèrent. La police mena une

enquête sur ce hold-up, mais l'affaire fut classée, faute d'avoir été élucidée. Hikosuke quitta son travail et retourna à Fukuoka, sa ville natale. En utilisant les 2 500 000 yen de la banque comme mise de fonds, discrètement, il créa son commerce, qui devint on ne peut plus honorable. Au bout de trois ans, il pensa pouvoir sans risque faire un peu plus de publicité. Pour deux raisons : tout d'abord, ses affaires progressaient régulièrement, et tout laissait à penser qu'elles continueraient ainsi dans l'avenir. Ensuite, parce qu'il était convaincu que personne ne pourrait dorénavant se douter de l'origine de son capital. Durant ces trois années, son respectable commerce l'avait soustrait à la suspicion de la société.

Une autre raison importante l'incitait à se sentir en sécurité. Il était sans nouvelle aucune de Takeji Machida. Chaque jour, Hikosuke avait épluché les journaux, s'inquiétant de savoir s'il ne se trouvait pas un article relatant l'arrestation de son complice accusé de meurtre ou d'autre méfait. C'était ce qu'il redoutait par-dessus tout. Le caractère instable de Takeji semblait justifier cette peur. En cas d'arrestation, il avouerait l'autre crime.

Mais ces craintes se révélèrent sans fondement. Le nom de Takeji Machida ne parvint jamais aux oreilles de Hikosuke, n'apparut jamais dans les journaux. Il fallait s'en réjouir, car cela signifiait qu'il menait quelque part une vie tranquille. Takeji avait sûrement utilisé cet argent volé pour démarrer discrètement des affaires honnêtes.

A cette pensée, Hikosuke s'était senti rasséréné et avait recouvré tout son calme.

Il avait réussi une telle ascension en l'espace de deux ans parce qu'il avait pu consacrer toute son énergie à ses affaires, sans se préoccuper de quoi que ce fût d'autre.

Depuis peu, cependant, l'angoisse le torturait à nouveau.

3

Ses affaires prospéraient. Il avait fait fortune. A Fukuoka, il bénéficiait d'une réputation d'honnête commerçant et inspirait la confiance. Alors même qu'il réalisait tout le chemin parcouru lui permettant de jouir de la meilleure vie possible, Hikosuke fut violemment assailli par une nouvelle crainte : Takeji vivait quelque part dans ce monde, il ne savait où.

De nombreux meurtres peuvent être commis par une personne agissant seule. Et plus il y a de complices, plus les risques augmentent. La lecture des journaux lui enseignait que des crimes étaient souvent découverts grâce aux aveux des complices.

Mais la peur de Hikosuke relevait maintenant d'une tout autre nature. Il appréhendait que son ancien acolyte ne le fasse chanter au sujet de tout cet argent qu'il avait amassé.

Avant de connaître sa réussite actuelle, jamais il n'avait été confronté à ce genre d'anxiété. Mais une fois acquises fortune et situation sociale élevée, une autre question se mettait donc à le harceler : à partir de quand allait-il devenir l'objet d'un chantage ?

Bien sûr, il possédait argent, statut et réputation. Ce qui risquait de l'abattre, ce n'était donc pas la faillite, mais le chantage de ce complice, détenteur du secret de son passé. Il était riche, en effet, mais à quoi bon puisque cet homme tenait bel et bien sa vie entre ses mains. Une fois le processus du chantage engagé et les premières menaces proférées, Takeji ne le lâcherait plus, jusqu'à ce que mort de sa fortune si chèrement gagnée s'ensuive. Ce genre d'individu était parfaitement capable d'un tel acte.

Hikosuke ne pouvait ôter de son esprit l'image de Takeji, qui se trouvait quelque part dans le monde, accourant un jour les yeux brillants de convoitise parce qu'il avait entendu parler de sa richesse. *Quelque part.* Où ? Il l'ignorait. De toute facon, son ancien associé aurait un jour vent de son succès et surgirait avec sa mine sinistre.

Où était Takeji, que faisait-il ? Une interrogation qui l'obnubilait.

Jusqu'à présent, ne pas avoir de nouvelles de Takeji avait représenté un grand soulagement. Maintenant, au contraire, c'était devenu un sujet d'inquiétude. Celui de la peur de l'inconnu. C'est une angoisse intolérable pour quelqu'un que de ne pas savoir d'où viendra l'attaque de l'ennemi.

Récemment, Hikosuke avait pris une maîtresse. A près de cinquante ans, c'était la première fois que cela lui arrivait. Il l'avait installée dans une maison construite spécialement à son intention et lui rendait visite là, prenant les plus grandes précautions pour que sa femme ne l'apprenne pas. Très épris, il connaissait une joie indescriptible. Mais dès l'instant où Takeji apparaîtrait, ce bonheur également s'évanouirait. Car, depuis le début, c'était à son argent qu'en avait sa maîtresse.

Un jour, par la faute de Takeji, toute sa félicité lui glisserait entre les doigts. Hikosuke se sentait condamné. Il devint nerveux, irritable, dans un état de déliquescence tel qu'il ne pouvait plus dormir la nuit.

— Chéri, ça ne va pas ? Quelle mine ! Tu sembles si abattu. Attention, tu vas finir par faire une dépression. Arrête de travailler autant. Si tu allais te reposer dans une station thermale, je suis certaine que cela te ferait du bien. J'irai avec toi, lui souffla la jolie jeune femme en minaudant.

Si seulement c'était le problème ! Il souffrait de ne pouvoir se confier à elle.

Mais il était trop tôt pour désespérer. Il décida de suivre ses conseils...

Hikosuke prenait un bain dans la source d'eau chaude de l'auberge Funagoya, quand lui vint soudain une inspiration. A quoi aurait-il pu attribuer cette idée lumineuse, jaillie sans crier gare, sinon à une révélation divine – comme ont l'habitude de dire les gens.

Lorsque Hikosuke sauta hors du bassin, des trombes d'eau se déversèrent en cascade sur les côtés.

4

« Je suis né à Utsunomiya », avait un jour laissé échapper Takeji. La clé de son idée se trouvait dans le souvenir de ces mots.

« Il se peut que Takeji vive à Utsunomiya », se dit Hikosuke. Après tout, lui aussi était retourné dans sa ville natale de Fukuoka. S'il poussait plus avant son raisonnement, il pouvait supposer que Takeji également avait entrepris des affaires dans la ville de son enfance.

Cette hypothèse se fondait sur la similitude de leur situation, à l'origine identique. Il était fort probable que son complice ait agi comme lui.

Hikosuke rentra rapidement à Fukuoka et téléphona aussitôt au service des renseignements.

— Je voudrais que vous recherchiez dans l'annuaire

d'Utsunomiya un certain M. Takeji Machida. Y a-t-il quelqu'un sous ce nom ?

L'opératrice mit quelque temps avant de répondre par l'affirmative. A cette nouvelle, le cœur de Hikosuke fit un bond.

— Oh, il existe ? Qu... quel commerce ? Son émotion le fit bégayer.

— Il est indiqué : « Articles de laque ».

— Laque ? Et son adresse ?

Il nota ce que lui disait l'opératrice, puis croisa les bras, frappé de stupeur. Il restait hébété alors que c'était justement ce qu'il avait prédit.

Takeji se trouvait donc à Utsunomiya ! Il y avait ouvert un magasin et, comme lui, créé un commerce dans son pays natal en utilisant l'argent dérobé pour constituer son capital. Tous deux avaient procédé exactement de la même façon.

Hikosuke se sentit d'abord rassuré. Avant tout, il fallait se réjouir que Takeji ait réussi de son côté, sans connaître de revers de fortune. Un chantage de sa part ne semblait plus à craindre.

Mais en y réfléchissant bien, Hikosuke comprit que le moment n'était pas encore venu de crier victoire.

Les affaires de Takeji marchaient-elles bien ? Et sa vie actuelle, à quoi ressemblait-elle ? Peut-être menait-il une vie de patachon ; peut-être son commerce allait-il mal, près de faire faillite. Hikosuke ne pouvait négliger de telles éventualités, car si Takeji se trouvait à bout de ressources, n'était-ce pas une raison valable pour lui de le faire chanter ?

Hikosuke réalisa l'urgence qu'il y avait à se renseigner sur la situation actuelle de Takeji Machida.

Non. Pas seulement actuelle. A partir de maintenant, il fallait avoir continuellement l'œil sur lui. Quand sa situation évoluerait-elle ; en quelle occasion ? Il était incapable de le dire. En connaître les moindres détails devenait impératif.

Cela étant posé, Hikosuke se sentit l'esprit plus libre, soulagé d'avoir enfin repéré l'endroit où se cachait l'ennemi. Restait maintenant à rendre ce soulagement plus consistant.

Après quelques jours de réflexion, Hikosuke passa à l'action.

En premier lieu, il fit une demande auprès du bureau de poste pour obtenir une boîte postale au nom de *Commerces-Information.* Ensuite, il trouva un journal local d'Utsunomiya et lui adressa la petite annonce d'offre d'emploi suivante :

« Recherche reporter efficace à temps partiel. Pour résidents d'Utsunomiya exclusivement. Salaire intéressant. Envoyer photo et curriculum vitae. Age : 25/40 ans. Les candidats seront prévenus par courrier. *Commerces-information*, boîte postale n° XXX, poste de Fukuoka. »

Bien que ce ne fût pas explicité, le nom de cette société sous-entendait qu'elle publiait une revue professionnelle commerciale.

Il reçut une pile de curriculum vitae et de photographies. Hikosuke avait oublié combien les chômeurs pouvaient être nombreux de par le monde. La plupart des candidats avaient joint une lettre manuscrite faisant part de leur détresse.

Il engagea l'un d'eux. Au vu de sa photo, l'homme avait l'air honnête et perspicace. Malgré le port des lunettes, il ne semblait pas prétentieux. D'après les informations qu'il donnait, il était diplômé d'une université privée et travaillait dans une entreprise lorsqu'il avait eu la malchance de perdre son emploi pour cause de réduction de personnel. Il s'appelait Ryoichi Takeoka, avait vingt-huit ans et était marié.

Hikosuke envoya cette lettre à son nouveau reporter :

« Vous devrez m'informer deux fois par mois des activités commerciales des personnes suivantes habitant à Utsunomiya et de toute évolution personnelle insolite les concernant. Celles-ci ne doivent absolument pas s'apercevoir que vous enquêtez à leur sujet. Vous recevrez un salaire mensuel de 15 000 yen et vous vous limiterez à ce que je vous ai demandé ci-dessus. »

Il avait réclamé un rapport sur trois ou quatre personnes, dont Takeji, et s'était contenté de choisir les noms des autres au hasard, dans le répertoire des commerces et industries paru dans le journal. Une ruse pour éviter d'attirer la méfiance car, à dire vrai, seuls les faits et gestes du dénommé Takeji Machida le préoccupaient.

Hikosuke avait longuement cogité avant d'arriver à ce plan. L'idée l'avait effleuré de demander à une agence de détectives privés, mais il s'était rapidement rendu compte que cela ne serait pas efficace. Il était nécessaire d'employer spécialement quelqu'un pour garder continuellement Takeji à l'œil.

Cependant, afin de s'assurer que cet informateur ne soupçonnerait pas ses véritables intentions, il avait joué la sécurité en faisant paraître cette annonce ressemblant à la communication d'une revue commerciale. D'où sa demande d'enquêtes sur des personnes dont il ne se souciait guère, en ne se cantonnant pas au seul Takeji Machida.

Hikosuke pensait tenir fermement Takeji entre ses mains. Aucun de ses mouvements n'échapperait plus à sa vigilance. Sa crainte de l'inconnu avait disparu. A tout moment, il saurait si Takeji s'inquiétait de son sort. Et dès que son ancien complice aurait commencé à le

« flairer », il lui resterait suffisamment de temps pour prendre des mesures et se préparer au pire. Un investissement de 15 000 yen par mois pour un « envoyé spécial » n'était rien, comparé à la tranquillité d'esprit qu'il apportait.

5

Le premier rapport de Ryoichi arriva à la boîte postale. Le nouveau reporter s'était mis au travail avec enthousiasme.

Hikosuke lut attentivement le compte rendu. Les autres personnes l'indifféraient totalement, il était préoccupé uniquement par le paragraphe concernant Takeji.

« M. Takeji Machida vend des objets de laque en grande quantité ici. Sa fortune serait estimée à près de trois millions de yen. Plutôt solitaire et d'un commerce peu agréable avec les gens, dans les affaires, toutefois, il jouit d'une réputation d'honnêteté. Marié, il a deux enfants. Sa distraction est le jeu de go. Il boit modérément. Aucune rumeur selon laquelle il entretiendrait une liaison. »

C'étaient les grandes lignes du rapport.

Takeji Machida ne semblait pas avoir de problèmes dans la vie. Sa nature solitaire et son manque de sociabilité correspondaient à sa personnalité taciturne, le seul point qui inquiétait Hikosuke. Ce n'était cependant pas très important, et si on commence à s'angoisser, il n'y a plus de limites.

Hikosuke félicita Ryoichi pour la qualité de son travail et lui demanda de continuer ses résumés.

A la réflexion, Ryoichi Takeoka avait trouvé un emploi sur mesure. Pour deux exposés par mois seulement, il recevait un salaire mensuel de 15 000 yen.

Dans ce cas, quoi de plus naturel que Ryoichi fût reconnaissant. Il adressa une longue lettre de remerciements à Hikosuke Uchibori, président de *Commerces-information*, écrivant à la fin de son texte qu'il songeait à venir spécialement d'Utsunomiya pour se présenter au siège de Fukuoka en Kyushu.

Effrayé, Hikosuke répondit à son informateur : « Il n'est pas indispensable que vous veniez. Ce n'est pas utile. Il vous suffit de m'envoyer le résultat de vos investigations. »

Et, en effet, les rapports détaillés de Ryoichi arrivaient régulièrement. Malheureusement, il faisait scrupuleusement des recherches sur des personnes qui, malgré tout le mal qu'il se donnait, ne présentaient aucun intérêt pour Hikosuke. Mais quel motif eût-il pu donner pour l'en empêcher ? Ce subterfuge était une précaution nécessaire pour le mystifier, afin qu'il ne se doutât pas que seul Takeji lui importait.

Les rapports continuaient. Deux mois passèrent, puis trois. Aucun changement ne semblait intervenir chez Takeji. Ses affaires semblaient très bien marcher.

Tant mieux !

Cinq mois s'écoulèrent. Takeji, manifestement, ne bougeait toujours pas. Quel soulagement ! Et bien que son ancien complice et lui-même vivent l'un et l'autre dans des mondes complètement séparés, Hikosuke était en permanence tenu au courant de sa situation.

Mais Ryoichi écrivit naïvement une autre lettre.

« Je vous ai déjà adressé dix rapports. Pourtant, vous ne m'avez encore fait parvenir aucun exemplaire de *Commerces*. Mes exposés ont-ils tous été rejetés ? Je vous serais reconnaissant de bien vouloir m'envoyer un numéro de votre journal, pour mes références. »

Il n'existait aucun imprimé de ce style. *Commerces-Information* n'avait pas de publication. Contrarié, Hikosuke rédigea sèchement la réponse suivante.

« Le journal de notre société paraît de façon irrégulière, uniquement lorsque cela s'avère nécessaire. Actuellement, il ne reste plus un seul exemplaire. Ne vous souciez pas de savoir si vous êtes publié ou non, et continuez d'adresser vos textes comme vous l'avez fait jusqu'à présent. »

Il n'y eut plus jamais d'autre demande de la part de Ryoichi et, selon les instructions, il envoya consciencieusement ses informations. Sans doute considérait-il qu'avec un salaire mensuel de 15 000 yen, il n'avait pas à se plaindre.

Alors, ce que redoutait le plus au monde Hikosuke apparut peu à peu dans les comptes rendus de Takeoka. Il s'était écoulé environ six mois.

« M. Takeji Machida a la passion des courses cyclistes. Il semble parier beaucoup d'argent. Ce qui serait la cause de fréquentes scènes de ménage chez lui. »

Il se sentit comme frappé à la poitrine par un coup de bâton et eut le pressentiment que son destin tragique prenait forme.

Puis la prémonition de Hikosuke devint peu à peu réalité, comme le montrèrent les rapports successifs.

« M. Machida a une maîtresse, je l'ai su récemment. Ses problèmes conjugaux ne sont donc pas seulement dus aux courses cyclistes. En outre, ses affaires ont, de manière imprévisible, pris une mauvaise tournure. Il semble les gérer à grand renfort d'emprunts aux taux d'intérêts élevés. Lorsque je vous informais de la bonne santé de ses affaires et de sa gestion, je me trompais. Veuillez m'excuser pour mon erreur de jugement. »

Dans le résumé suivant, il écrivait :

« M. Takeji Machida est au bord de la faillite. Le bruit court qu'il est à la veille de déposer le bilan. »

Les trois ou quatre exposés suivants disaient à peu près la même chose et, finalement, arriva cette information.

« M. Takeji Machida a fait faillite. Son magasin a été mis en liquidation et lui a disparu de la ville. Il paraît qu'il a ouvert un petit magasin de laque dans la ville de Chiba. »

6

Hikosuke se rongeait les ongles avec nervosité. Ainsi, Takeji Machida avait subi un terrible échec et déménagé pour Chiba. Sa situation était vraiment devenue mauvaise. Il ne fallait pas le quitter des yeux.

Ryoichi Takeoka continuait d'envoyer des informations précises sur les commerces d'Utsunomiya. Mais à quoi cela servait-il désormais, Takeji n'étant plus là ?

Hikosuke pensa renvoyer son reporter et en engager un nouveau à Chiba. Mais, en définitive, il décida qu'il valait mieux muter Ryoichi accoutumé à ce genre de travail. S'il recrutait quelqu'un d'autre, rien ne garantissait qu'il travaillerait correctement. Tandis que celui-ci avait fait ses preuves, il pouvait compter sur lui.

Il demanda à Ryoichi, qui accepta, de déménager pour Chiba. Ce changement entraînait des frais supplémentaires, mais Hikosuke était prêt à en faire le sacrifice.

Une quinzaine de jours plus tard, Ryoichi commença à lui adresser ses rapports depuis son nouveau lieu de travail avec, comme d'habitude, ceux, inutiles, sur les activités commerciales des autres personnes. Jamais cependant il n'oubliait de le renseigner sur l'homme de ses préoccupations.

« La situation de M. Takeji Machida s'est détériorée. Devenu l'ombre de lui-même, il possède ici un minuscule magasin. Venu avec sa maîtresse, il a comme avant des scènes de ménage chez lui. A mon avis, il ne pourra même pas conserver cette petite boutique. Je pense donc qu'il n'y a plus de raison de poursuivre les enquêtes sur ce commerçant mais j'attends vos instructions. »

Sa réflexion était parfaitement sensée. Si Takeji avait plongé si bas, quel intérêt revêtaient à présent les renseignements sur son activité commerciale ? Et pourtant, le comportement de Machida devenait au contraire la préoccupation numéro un de Hikosuke, avec la nécessité accrue de le suivre à la trace.

Hikosuke était inquiet. La ruse ayant consisté à demander d'enquêter également sur d'autres personnes commençait à lui peser. Il fallait se méfier, *la faim chasse le loup hors du bois*.

Il écrivit à Takeoka en lui ordonnant de prêter particulièrement attention aux agissements de Takeji.

Takeoka suivit ses instructions et, consciencieusement, le tint au courant de tout ce qui concernait Takeji Machida.

Trois mois plus tard lui parvint un rapport l'informant de la faillite de son ancien complice.

« M. Machida a fermé son magasin et quitté Chiba. Sa femme est retournée dans sa famille, et il aurait rompu avec sa maîtresse. Le cousin de M. Machida vit ici. J'ai réussi à lier connaissance avec lui. D'après ce qu'il dit, son parent serait allé à Osaka. Comme il n'a quasiment plus un sou en poche, son cousin a dû lui payer ses frais de train. Il ignore ce qu'il va faire là-bas. Des nouvelles devraient lui arriver d'ici peu. »

Takeji Machida paraissait complètement ruiné. C'était précisément cette situation que redoutait Hikosuke depuis le début. Au moment le plus dangereux, Takeji disparaissait de son champ de vision.

Hikosuke n'abandonnait pas. Il ne le pouvait plus, pas maintenant. Sinon, pourquoi aurait-il versé tout ce temps un salaire mensuel à Takeoka pour l'envoi de ses informations ? N'était-ce pas justement en cet instant précis qu'il devait garder Takeji sous surveillance ?

Hikosuke demanda à Takeoka d'obtenir de ses nouvelles par son cousin et de les lui transmettre en détail. Afin que sa requête paraisse plus vraisemblable, il prétexta vouloir prendre le cas de Takeji comme matière d'étude d'un modèle d'une faillite de commerçant.

Ryoichi Takeoka suivit ses instructions.

« Selon les dires de son cousin, M. Takeji Machida est devenu ouvrier journalier à Osaka. »

Puis : « M. Machida est ouvrier journalier à Kobe. »

Puis, pendant six mois, il continua d'envoyer ses rapports.

« M. Machida a déménagé pour Okuyama où il vit dans un baraquement d'ouvriers comme homme de peine pour le compte d'un entrepreneur de travaux publics. »

« Maintenant, il est à Onomichi. Son cousin ne sait pas ce qu'il fait. »

« Il est allé à Hiroshima et a envoyé à son parent une carte postale lui disant qu'il travaillait comme ouvrier journalier. »

« Il est à Yanai, dans la préfecture de Yamaguchi. On ne sait pas quel est son véritable travail. »

Tandis que se succédaient les rapports, Hikosuke comprit clairement quel sens prenaient les mouvements de Takeji.

Ruiné, Takeji n'errait pas sans but. Il avait une intention précise.

Après avoir disparu de Chiba, ne s'était-il pas dirigé régulièrement vers l'ouest ?

Et pourquoi vers l'ouest ? Parce qu'il cherchait... Et que cherchait-il ? Son ancien complice... Hikosuke Uchibori !

Hikosuke n'avait jamais révélé à Takeji le nom de sa ville natale, mais il lui avait vaguement dit qu'elle se trouvait à l'ouest. Maintenant, celui-ci était à sa recherche, avec certainement cette information pour indice. Probablement Takeji supposait-il que Hikosuke, un commercial, avait ouvert un magasin en prenant l'argent dérobé de la banque comme capital. Allant de grande ville en grande ville, il « ratissait » les rues commerçantes de tout l'ouest du Honshu.

Hikosuke fut parcouru de frissons. Un jour ou l'autre, il arriverait à Fukuoka et, là, découvrirait la fantastique réussite de son ancien associé, devenu propriétaire d'un « Grand Magasin du Meuble ».

7

Hikosuke était terrorisé. Il sentait la vie lui échapper. La tête lui tournait.

Car, même si Takeji donnait l'impression de vagabonder, en réalité, il avançait vers lui d'une démarche sûre, sans faillir. La ruine de Hikosuke approchait, lentement mais sûrement.

Que pouvait-il faire ? De toute façon, le commerçant prospère qu'était maintenant Hikosuke à Fukuoka ne pourrait échapper à l'œil de Takeji.

En dépit de tous les moyens de résistance employés par Hikosuke, son destin tragique le rattrapait, implacable.

« M. Takeji Machida est à Hifu, une ville de la préfecture de Yamaguchi. »

« Maintenant, il est à Ube. »

« Il travaille comme ouvrier journalier à Shimonoseki. »

Consciencieusement, Ryoichi Takeoka continuait de lui faire parvenir ses comptes rendus.

« Il est dans la ville de Kokura. On ne connaît pas son activité. »

Et voilà ! Takeji était arrivé en Kyushu. Parti à la recherche de son ancien complice, il avait toujours pris la même direction, sans dévier d'un pouce. Hikosuke était si agité qu'il ne put rester assis. Le sang lui monta à la tête et tout son corps se couvrit de sueur froide.

Arriva un autre rapport.

« M. Machida est tombé malade à Kokura. Presque invalide, il vit seul dans une cabane qu'il a construite au pied d'une montagne isolée. C'est ce qu'il a écrit à son cousin qui m'a montré la lettre. J'ai noté l'endroit et je vous l'envoie pour votre information. »

Hikosuke se couvrit les yeux.

Un bruit effrayant rugit soudain dans ses tympans. Il se leva pour aller dans un endroit calme et désert et réfléchit longuement, la tête entre les mains.

Son bonheur allait s'envoler. Impitoyable, Takeji, le seul homme capable de s'en emparer, se rapprochait. Une fois celui-ci arrivé, Hikosuke, jusqu'à la fin de ses jours, ne pourrait plus se débarrasser de la hantise que soit rendu public le hold-up de la banque. Si Takeji se trouvait au « bout du rouleau », il entraînerait fatalement dans sa chute son riche complice. C'était facile à comprendre. Ayant tout perdu, famille et biens, il avait sombré dans le désespoir et, de toute évidence, devait ressentir haine et jalousie pour cet homme qui, contrairement à lui, n'avait pas laissé filer sa réussite.

« Je vais le mettre à sec », avait dû décider Takeji. Ce qui expliquait son acharnement à le rechercher. Il lui extorquerait tout son argent, jusqu'au dernier sou. Ce serait sa revanche sur son complice chanceux. Il tenait entre ses doigts la corde qui pouvait laisser ou retirer la vie à Hikosuke, parce qu'il avait le pouvoir de tirer ou relâcher le nœud à volonté.

N'existait-il aucun moyen de s'en sortir ? Takeji allait arriver. Il devait se délivrer. Il devait se libérer du nœud coulant.

Hikosuke s'arrachait les cheveux de désespoir et pensait... pensait... Son corps était brûlant de fièvre.

Un long moment s'écoula avant que ne lui vienne enfin une idée excellente. A Kokura, Takeji était presque grabataire et, devenu un clochard, il habitait seul une cabane au pied d'une montagne. La chance se rangeait encore de son côté.

« J'ai trouvé ! » s'écria-t-il soulagé.

Hikosuke entreprit quelques préparatifs simples. Un soir, il se rendit dans une petite quincaillerie située tout au bout de la ville, où jamais personne ne l'avait vu. Il fit l'emplette d'un canif, de celui qu'utilisent d'ordinaire les lycéens. L'objet lui sauverait la vie. Destiné à en supprimer une, il allait en secourir une autre.

A sa famille, il dit devoir partir en voyage d'affaires et planifia ses horaires de train de sorte qu'il pût arriver en gare de Kokura à la tombée de la nuit.

Quand il descendit à la station de Kokura, le soleil se couchait déjà. C'était bientôt le moment où les visages des gens ne se distingueraient plus nettement. L'heure convenait parfaitement. La gare était remplie d'ouvriers qui rentraient chez eux. La situation apparaissait idéale.

Hikosuke se mit en marche. La montagne vers laquelle il se dirigeait se détachait en noir sous le ciel du crépuscule. Ayant autrefois habité dans les environs, il connaissait bien les lieux et devinait approximativement où se trouvait l'endroit indiqué dans le rapport. Un vent glacial lui cinglait les joues. Mais ce n'était pas à cause du froid que son corps tremblait.

Lorsqu'il commença à grimper la montagne sombre, les habitations disparurent. Sous ses pieds, il sentait la terre et les feuilles mortes. Hikosuke s'arrêta pour regarder autour de lui. Il se tenait au beau milieu d'une forêt noire. Résolument, il alluma sa lampe de poche.

8

Il mit trente minutes pour trouver la cabane en question, mais sans grande difficulté toutefois. Un vieux toit de zinc posé sur des planches de bois croulait sous les pierres.

Un instant, il resta debout devant l'entrée où pendait une natte de paille. Dans sa poche : l'arme qu'il avait achetée. Quand il la palpa, le tremblement qui n'avait cessé de l'agiter s'arrêta.

Hikosuke souleva la natte et fit un pas à l'intérieur. Il fut assailli par la puanteur, une odeur de poisson et de légumes pourris.

Le filet de lumière de la lampe de poche qu'il avait à la main gauche mit en relief la forme d'un homme emmitouflé dans des couvertures en lambeaux.

Il examina les lieux avant d'éteindre sa lampe et appela :

— Takeji Machida, vous êtes Takeji Machida ?

Il sentit bouger la couche dans l'obscurité.

— Vous êtes bien Takeji Machida, n'est-ce pas ?

Hikosuke empoigna le manche de son canif.

— Mmm...

La réponse retentit comme une plainte dans l'obscurité. Visant la voix, il se jeta sur elle.

Il frappa les couvertures, mais du dessous se dressa une force décuplée qui propulsa en l'air le corps de Hikosuke aussi facilement que s'il s'était agi d'une plume. Hikosuke retomba brutalement sur le côté et rampa dans l'obscurité.

Soudain, il fut aveuglé par un faisceau lumineux qui l'empêcha de garder les yeux ouverts. La personne qui tenait la lampe éclata de rire. C'était une voix jeune, sans la moindre ressemblance avec celle de Takeji qu'il avait gardée en mémoire.

— Qui êtes-vous ? hurla de peur et de colère Hikosuke.

— Finalement, vous êtes venu, monsieur Uchibori. Je suis Takeoka, Ryoichi Takeoka, l'homme que vous aviez engagé, dit-il en maîtrisant son rire.

Il se tenait maintenant debout, bien campé sur ses deux jambes.

— Quoi ? Takeoka ? s'écria Hikosuke, interdit.

— Je devrais dire « Enchanté ! », mais il s'est passé de drôles de choses, répliqua l'autre.

Puis, reprenant son sérieux, il continua :

— Eh bien ! Quand vous m'avez engagé, jamais je n'aurais imaginé que cela se terminerait ainsi. Oh ! Veuillez m'excuser, j'allais oublier. Je vous suis vraiment reconnaissant. Vous m'avez beaucoup aidé. Je suis d'autant plus confus que nous en soyons arrivés là. Tout est de ma faute. J'ai rendu le mal pour le bien. Ma curiosité est à blâmer. J'ai commencé à sentir l'odeur du crime chaque fois que je vous envoyais mes rapports.

L'homme qui s'était présenté sous le nom de Takeoka semblait vraiment désolé. Etrangement, Hikosuke ne pouvait plus bouger.

— Tout d'abord, vous ne m'avez jamais adressé d'exemplaire de votre journal, alors que votre société s'appelait *Commerces-Information*. Cela me semblait assez curieux mais, à ce moment-là, je ne me doutais encore de rien. Cependant, lorsque je vous ai informé du déménagement à Chiba de M. Machida, vous m'avez prié de m'installer là-bas. C'est à ce moment-là que je me suis mis à soupçonner quelque chose, et j'en ai déduit que seul Takeji Machida vous intéressait. Afin de vous assurer que je ne devinerais rien, vous m'aviez fait entreprendre des recherches sur d'autres. Mais une fois le précieux Machida parti pour Chiba, vos arrière-pensées se sont dévoilées. J'ai compris que mon véritable rôle consistait à surveiller étroitement M. Machida et à vous rendre compte de ses moindres déplacements. Vous m'avez même commandé de prêter particulièrement attention à lui. J'étais certain que ce que j'imaginais correspondait à la réalité.

Ryoichi changea légèrement de position.

— Pourquoi ? me suis-je demandé. Quelle en était la raison ? Repris par mon inclination innée à fouiner partout, j'ai essayé un « truc ». Celui de vous envoyer un faux rapport selon lequel M. Takeji Machida avait disparu de Chiba.

— Quoi, c'est faux ? ne put s'empêcher de crier Hikosuke.

— Je vous demande pardon, excusez-moi ! En réalité, M. Machida est encore à Chiba où il tient toujours sa petite boutique de laque. Mais vous êtes tout de suite tombé dans mon piège. Avec précipitation, vous m'avez donné l'ordre de demander à son cousin quelle était sa nouvelle destination et de vous en informer. Je pouvais presque vous voir pâlir. Mais il n'existe aucun cousin. Je vous ai envoyé régulièrement mes comptes rendus fictifs sur Takeji Machida en les postant du Kyushu. A chaque fois, vous me réclamiez de plus amples informations. Vos instructions étaient celles d'un homme désespéré, prêt à tout. Oh, oh ! ai-je pensé, il y a là quelque chose de sérieux. Ce quelque chose de sérieux n'était-il pas lié à un crime par hasard ?

Il y eut au loin un faible bruit, mais Ryoichi continua de parler.

— Récemment, j'ai prié une agence de détectives privés d'enquêter sur Takeji Machida et vous-même, Hikosuke Uchibori, qui possédiez une boîte postale à Fukuoka. Ainsi, j'ai appris quelles étaient vos situations respectives actuelles, mais rien concernant votre passé. Seulement le fait – une coïncidence ? – que vous étiez auparavant deux représentants de commerce qui voyageaient à travers tout le pays. Et bien que vos activités soient maintenant différentes, il y a six ans, vous avez tous deux démissionné, comme si vous étiez de mèche, et avez entrepris, pratiquement en même temps, la création d'un commerce.

Plus important : j'ai découvert que vous aviez chacun démarré vos affaires sans emprunts, avec une somme d'argent relativement importante. Cela faisait trop de coïncidences. Il y avait anguille sous roche, un mystérieux secret que vous partagiez. D'autre part, vous m'aviez engagé pour surveiller M. Machida et, avec acharnement et désespoir, vous m'aviez fait suivre ses faits et gestes. Si bien que j'ai fini par deviner votre peur. Vous redoutiez qu'il ne vous fasse chanter. Et en effet, j'avais raison.

Je me suis précipité à Kokura depuis Chiba, et après avoir arrangé l'endroit, vous ai envoyé une lettre disant que M. Machida se trouvait ici. Puis je vous ai attendu.

En regardant mieux le tampon de la poste, vous vous seriez aperçu qu'il s'agissait de celui de Kokura et non de Chiba. J'étais persuadé que vous alliez surgir ici, à la recherche de M. Machida. A cause de lui, vous aviez perdu la tête. Il détenait un secret connu de vous deux seuls. Manifestement, vous guettiez le moment propice pour le tuer. En étant arrivé à cette conclusion, j'ai inventé cette mise en scène et je me suis allongé sur cette paillasse pour vous attendre.

Car, sans preuves, il était impossible que la police ouvre une enquête. Je devais donc vous amener à faire le geste de quelqu'un qui va commettre un crime afin que vous soyez pris en flagrant délit. C'est ce qui s'est passé, exactement comme je l'avais prévu. Vous m'avez attaqué avec une arme. Je vous prie de m'excuser. *Ils* arrivent, hélas ! Ils découvriront bientôt ce que je ne sais pas encore à votre sujet ni à celui de M. Machida...

A ces mots, Ryoichi Takeda siffla. Des sous-bois obscurs retentit le bruit de bottes des policiers...

Le Visage

Pour en faciliter la lecture, toutes les dates de ce journal ont été omises. Les paragraphes figurent dans l'ordre chronologique, mais le temps écoulé entre chacun est extrêmement irrégulier, allant d'un jour à quatre jours, d'une semaine à un mois. Le lecteur pourra deviner la progression d'après le contexte.

Journal de Ryokichi Ino

Aujourd'hui, les principaux membres de notre troupe de théâtre sont restés pour discuter après la répétition générale en costume.

Je suis parti avec A. et nous avons bavardé en marchant jusqu'à la station de Gotanda.

— Tu sais quel est le sujet de leur réunion ? m'a demandé mon compagnon.

— Non, pas du tout.

— Eh bien... la société de production cinématographique W. est en train de négocier avec nous des rôles pour son prochain film qui sera toumé par le grand réalisateur Ishii. Il voudrait trois ou quatre comédiens de notre équipe, et ces derniers temps, Y., notre directeur, s'est rendu plusieurs fois à leurs bureaux.

— Ah bon ! Je l'ignorais. Alors... nous allons le faire ?

— Evidemment, tu penses ! La troupe connaît actuellement des difficultés de trésorerie. Elle est dans le rouge depuis longtemps. Le directeur espère bien signer un contrat permanent et non pas uniquement pour ce film – s'ils sont d'accord bien sûr.

A. était toujours au courant de ce qui se manigançait au sein de notre groupe.

— Est-ce nous qui sommes à l'origine de ces tractations ?

— Non, non, c'est la société de production. Mais d'après les propositions qu'elle nous a faites, je ne pense pas que cela puisse nous rapporter beaucoup d'argent, car la rémunération pour les quatre comédiens s'élèverait à 1 300 000 yen. Malgré tout, cette somme devrait pouvoir nous aider.

— Qui vont-ils choisir ?

J'avais posé cette question tout en ayant ma petite idée sur les candidats potentiels et, en effet, les noms cités par A. étaient ceux auxquels j'avais pensé.

— Le cinéma, c'est une publicité fantastique qui peut aussi lancer notre troupe et la faire connaître du grand public.

Nous avons pris un verre dans un petit bar, près de la gare.

***

Y. m'a appris cette incroyable nouvelle. Je figure parmi les quatre comédiens sélectionnés pour le prochain film de la société W., et je me suis rendu compte que les trois autres étaient des anciens de l'équipe, tous très expérimentés.

— Par quel miracle ?

— C'est Ishii qui t'a désigné, m'a expliqué le directeur. Impressionné par ton jeu quand il a vu notre spectacle *Immoralité*, il a déclaré qu'il te voulait à tout prix.

Dans la presse spécialisée, les critiques m'avaient également couvert d'éloges : « Remarquable numéro d'acteur du nouveau venu Ryokichi, qui a su tirer le meilleur parti possible de son rôle de jeune homme nihiliste. » Même ceux de ma troupe avaient réagi favorablement. Mais c'était naturellement un rôle mineur, et je m'étonnais d'avoir attiré à ce point les regards.

— Ishii est connu pour être un perfectionniste. Il trouve que les acteurs de sa société de production ne correspondent pas aux rôles de son nouveau scénario, *Neige de printemps.* Tu n'interviendras que dans quelques scènes, mais il insiste pour t'engager. Nous en avons donc discuté entre nous et décidé de donner notre accord. Comme tu le sais, la troupe a besoin d'argent puisque nous avons choisi de posséder notre propre théâtre plutôt que de louer constamment des salles. Et puis, n'oublions pas l'essentiel, ce sera bon pour ta carrière.

Y. se montrait parfaitement correct. Je faisais partie de la Compagnie des Saules Blancs depuis un peu moins de huit ans. Sans doute était-ce l'occasion que j'attendais. Je devais la saisir.

— Je vous suis profondément reconnaissant, lui dis-je en m'inclinant.

Je n'étais pas triste, loin de là. Je me sentais au contraire exalté. Mais tout à coup, je fus comme paralysé par l'inquiétude qui vint gâcher ma joie.

Malgré moi, cela avait dû se refléter sur mon visage, car Y. me donna une petite tape sur l'épaule pour m'encourager.

— Je suis sûr que ça va marcher. Le cinéma diffère du théâtre en ce sens que le jeu de l'acteur est morcelé, découpé en de nombreuses petites scènes. Mais tu n'as pas à avoir le trac, laisse-toi aller.

Il se méprenait. Ce qui m'angoissait était d'une tout autre nature. Quelque chose de beaucoup plus inquiétant.

***

Le tournage du film *Neige de printemps* a commencé. Bien que je sois complètement détendu lorsqu'il s'agit de théâtre, à la seule idée de tourner pour le cinéma, mon cœur bondit. Pour une bonne raison : les représentations de la Compagnie des Saules Blancs se donnent uniquement dans la capitale, devant un petit public d'initiés, tandis que ce film atteindra un large public à travers tout le pays. Et je ne sais pas qui ira le voir.

Le tournage avance. En apprenant que le jour de sortie du film approchait, l'anxiété m'a envahi comme un nuage sombre et menaçant. Si j'en parlais à quelqu'un, sûrement répondrait-il à tort que je craignais le verdict du public sur mon talent.

Ishii, en effet, est un réalisateur méticuleux et sensible. Il semble m'avoir pris en affection.

***

Toutes mes scènes sont terminées. Comme il était à prévoir avec un artiste aussi célèbre qu'Ishii, le film s'est déjà attiré beaucoup de publicité et a acquis une forte notoriété.

J'ai reçu une partie de mon cachet. D'après ce qu'il était convenu avec Y., la presque totalité des 1 200 000 yen accordés par la société de production est allée dans les caisses de la troupe. Il m'est resté 40 000 yen dont je me satisfais pleinement. Récemment, j'ai pu m'offrir de petites fantaisies comme celle d'inviter mon collègue A. à boire dans les bars élégants de

Shibuya. Il a l'air jaloux de moi. Actuellement, je me trouve dans une position avantageuse, et ma carrière doit faire des envieux.

J'ai bu plus que de coutume. Ce n'était pas seulement par plaisir, mais j'essayais de me débarrasser de cette angoisse qui me ronge.

***

J'ai vu la bande-annonce « Sortie prochaine sur vos écrans » de *Neige de printemps.* Aucune de mes scènes n'y figure. Le film va finalement se trouver à l'affiche. Je ne peux m'empêcher d'avoir peur.

***

J'ai assisté à une projection privée de *Neige de printemps,* le regard fixé sur mon personnage exclusivement, sans me préoccuper des autres acteurs. Pourtant, je n'apparais que dans cinq ou six scènes dont deux gros plans qui ne durent que quelques secondes. Je me sens un peu rassuré.

***

Dans la presse, les critiques de *Neige de printemps* ont été élogieuses. « Ryokichi Ino, de la Compagnie des Saules Blancs, est impressionnant, et son style vaguement nihiliste fait merveille. » Les journalistes semblent s'être mis d'accord et reprennent tous la même expression. J'apprécie les compliments mais...

***

Y. est venu et m'a transmis les félicitations qui lui sont arrivées de toutes parts au sujet de ma prestation.

— Ishii ne jure plus que par toi, m'a-t-il dit en riant, le nez plissé.

— Vraiment ? Je ne le montrais pas, mais je n'étais pas peu fier ! Si nous allions prendre un verre, ai-je proposé, je connais un endroit à Shibuya.

— Tu as une sacrée veine, alors essaie d'en profiter au maximum, m'encouragea Y. alors que nous étions installés au bar.

Je pensais la même chose. J'étais presque euphorique, avec le sentiment que d'ici peu je serais connu du grand public. J'allais devenir richissime. Jusqu'à maintenant, j'avais été si pauvre. Un jour, j'avais lu un livre dans lequel un célèbre acteur étranger disait à peu près ceci : « Après avoir gagné beaucoup d'argent, je ne savais comment le dépenser. Je songeais à me cacher dans le salon privé d'un magnifique restaurant de luxe où, une coupe de champagne à la main, j'écouterais la musique d'un groupe de gitans jouant pour moi seul. Puis, au son de leurs chants, je me mettrais à pleurer. »

A l'instar de cet homme, je suis du genre à laisser courir mes fantasmes.

Pour rentrer chez moi, j'ai pris la ligne Yamanote et en apercevant par la fenêtre du train le quartier mal éclairé de Harajuku, je me suis senti à nouveau inquiet. La sensation de bien-être qui avait fini par s'emparer de moi vola en éclats.

***

Cela fait deux mois que le film passe dans les salles de cinéma de tout le pays. Il ne l'a probablement pas vu. Rien ne s'est encore passé, bien que ce soit inéluctable. Je pense qu'il y a une chance sur dix mille, une chance sur cent mille.

La société de production cinématographique W. a proposé un nouveau rôle, cette fois-ci pour moi seul. Je suis né sous une bonne étoile, un enfant béni des dieux !

— Ils ont offert 400 000 yen, m'a expliqué Y., mais comme nous ne voulions pas descendre en dessous de 500 000, ils ont fini par accepter, tant ils tiennent à toi. Le producteur veut te rencontrer ce soir. Tu es d'accord ?

La réunion s'est tenue dans un salon à l'écart d'un restaurant de Shimbashi. Etaient présents Y. et moi-même ; pour la partie adverse, le producteur et le directeur. Un contrat a été signé, avec Y. comme témoin.

— Le scénario est en cours d'écriture et le tournage débute dans deux mois environ, dit le producteur, un homme de grande taille qui portait des lunettes.

Dans deux mois... Je pensais vaguement à cette durée.

— C'est moi qui ai insisté pour que tu sois dans le prochain film, m'expliqua le corpulent directeur, un large sourire aux lèvres. Parmi les personnages du scénario, l'un d'eux a un caractère nihiliste. Pas un de nos acteurs ne convient, alors que toi, tu es fait pour.

— Le rôle d'Ino est-il important ? demanda Y.

— Très, oui. Grâce à ce rôle, votre comédien va devenir populaire. Il a une « présence ». Les yeux du producteur riaient derrière ses lunettes. Au Japon, il n'existe aucun acteur de son style. Une vedette qui a un beau visage, mais aucune personnalité, ne peut rester très longtemps en tête d'affiche. D'autre part, la tendance actuelle se tourne vers les acteurs de talent qui jouent d'abord des seconds rôles avant d'accéder progressivement au rang de vedette.

Plus je les écoutais, plus je commençais à croire que cela pourrait devenir une réalité pour moi. Je tremblais de joie et d'excitation, mes jambes flottaient au-dessus du sol.

Des événements fabuleux m'arrivaient à une vitesse étonnante.

***

Je me sens osciller entre la bonne fortune et le désastre. Mon angoisse affecte mon bonheur et prend le pas sur lui.

Dans le premier film, j'avais une chance sur dix mille, ou une sur cent mille, de me faire remarquer. Mais avec celui-ci, mon visage apparaîtra dans de nombreuses scènes. Si je deviens célèbre, je jouerai dans des films de plus en plus nombreux. Les chances pour lui de voir mon visage vont décupler, avec un taux de un pour cent. Dans ce cas, le risque ne sera plus possible, il sera inéluctable.

J'ai déjà la vision de la catastrophe qui s'ensuivra dès que je serai parvenu au faîte de la gloire.

***

Je veux saisir le bonheur à bras-le-corps. Pour être franc, je veux acquérir renommée et situation sociale élevée. Je veux de l'argent. Je veux faire partie de ceux qui boivent du champagne dans un grand restaurant et pleurent en écoutant les chants de leurs musiciens particuliers. Je refuse de voir s'évanouir ce bonheur qui m'a demandé tant d'efforts.

***

Depuis peu, je suis obsédé par l'idée de ce qui pourrait arriver. Je me sens complètement stupide. Je suis trop tendu.

Pas moyen de me calmer. Je commence à envisager certaines mesures...

On m'a appris que le tournage du film *La Forêt rouge* débutait bientôt. Dans soixante jours, il sera distribué dans tout le pays. Alors surgira ce maudit risque inéluctable.

Soixante jours... J'ai pris la résolution de mettre fin à mes peurs une fois pour toutes. J'ai décidé de « jouer ».

***

J'ai pris un verre avec Y.

— En fait, la société de production W. t'a sélectionné pour ton expression impénétrable, froide et indifférente, m'a-t-il dit en me fixant avec le regard neutre d'un peintre. Un genre qui plaît tant aux intellectuels du moment.

— Mon apparence est-elle donc si particulière ?

— Oh oui ! Vraiment... Ton visage a quelque chose d'étrange.

Une réflexion que me fait souvent l'équipe du tournage ces temps-ci. La production aurait l'intention de vendre mon « visage ». Dans le but avoué que le visage de Ryokichi Ino, un comédien de la Nouvelle Vague, encore totalement inconnu hier, devienne le pôle d'attraction d'un public crédule.

Dans ce cas, il n'y aura plus moyen d'échapper à ce risque inéluctable...

***

Cela faisait longtemps que je n'avais sorti les huit enveloppes marron du tiroir fermé à clé. Sur le dos de chacune sont inscrits les mêmes mots : « Agence de détectives R. » Ce qui représente huit années, puisque j'en ai reçu une par an. Elles contiennent les rapports d'enquêtes concernant la même personne. Depuis huit ans, et bien que je sois dans la misère, je me suis débrouillé pour trouver de quoi payer chaque année le montant élevé des honoraires.

J'ai sorti le contenu de la première enveloppe, le rapport que j'avais demandé au début, en 1948.

« Les recherches engagées concernant M. Teizaburo Ishioka ont d'abord été retardées par la difficulté que nous avons eue à découvrir son adresse. Cependant, nous avons conduit notre enquête en nous aidant de votre information selon laquelle il travaillait dans l'industrie sidérurgique, et, par recoupement, avons fini par apprendre où il demeurait. Il nous a donc ensuite été possible d'entreprendre nos investigations, dont nous vous faisons parvenir le rapport ci-joint... »

En effet ! J'étais allé dans une agence de détectives privés de Tokyo, à Shibuya, afin d'obtenir des renseignements sur un homme appelé Teizaburo Ishioka, qui vivait à Yawata, dans le Kyushu. Quand l'employé m'avait demandé son adresse : je l'ignorais. Concernant son travail : peut-être dans l'industrie sidérurgique, bien que je n'en fusse pas certain. L'employé de l'agence m'avait fait remarquer qu'une telle information, aussi imprécise, était véritablement insuffisante mais, puisqu'ils avaient une antenne au Kyushu, ils tenteraient le maximum.

C'étaient de vrais professionnels. A partir de cette vague indication, ils avaient convenablement orienté leurs recherches. Les points essentiels du rapport étaient les suivants : « Teizaburo Ishioka est un employé des Aciéries de Kitakyushu. Il demeure actuellement 3, Tori-cho, à Yawata. Né en 1922. Agé de vingt-six ans. Célibataire. Ses parents sont décédés. Il a des frères et sœurs qui habitent dans sa ville natale. Pour plus de précisions, veuillez consulter l'extrait du registre d'état civil joint. Le salaire mensuel de M. Ishioka est de 9 000 yen. D'un caractère avenant, il est également bien considéré à son travail. Il aime boire. Ne fume pas. Ses distractions sont le mah-jong et la pêche. A l'heure actuelle, on ne lui connaît pas de maîtresse. »

Ce fut le premier rapport. J'en avais ensuite demandé un chaque année. Mais, pendant quatre ans, ils n'apportèrent rien de nouveau.

Au cinquième, il y eut un changement : « Il travaille maintenant à l'usine Y. Electricité de Kurosaki, et a déménagé pour le 1, Honmachi, Kurosaki, à Yawata. »

Puis encore deux petits changements. Dans le sixième rapport : « Il s'est marié le 20 mars », et dans le septième : « Il a eu un fils. »

Quant au huitième, celui que j'ai reçu cette année, il ne contient aucun élément nouveau.

« L'adresse actuelle de Teizaburo Ishioka est 1, Honmachi, Kurosaki, Yawata. Il est employé à Y. Electricité de Kurosaki. Son salaire mensuel s'élève à 17 000 yen. Sa femme a vingt-huit ans ; son fils, un an. »

Ainsi, grâce à ce dossier, je connais la vie des huit dernières années d'un homme qui s'appelle Teizaburo Ishioka.

Les frais de l'enquête ont pour moi représenté une somme exorbitante, mais j'ai la satisfaction *de m'être approprié son présent à chaque fois.*

Après avoir aligné devant moi les huit enveloppes renfermant les documents, lentement, j'ai fumé une cigarette.

Teizaburo Ishioka...

Ce nom, ce visage, je les ai rencontrés pour la première fois il y a neuf ans. Plus précisément, le 18 juin 1947, vers 11 heures du matin, dans un train de la ligne

Sanin qui longeait la côte de la préfecture de Shimane en direction de Kyoto. Je crois que c'était pendant les vingt minutes comprises entre le départ du train de la petite gare de Tsuda et son arrivée en gare de Hamada.

Assise près de moi, Miyako regardait défiler le paysage par la fenêtre et s'ennuyait ferme, lorsqu'elle le repéra soudain parmi les passagers.

— Oh ! On dirait M. Ishioka ! s'exclama-t-elle.

Comme nous étions montés au terminal à Shimonoseki, nous avions trouvé des places, mais le train était maintenant bondé et ceux qui le prenaient en cours de route restaient debout.

— Hé ! cria un jeune homme dans la foule.

Agé de vingt-sept, vingt-huit ans, il avait le teint sombre, les lèvres épaisses et les yeux globuleux.

— Miyako ? Si je m'attendais à vous voir ici, quelle surprise !

Il semblait réellement étonné. Puis il me jeta un regard interrogateur. Assis à côté d'elle, je jouais l'indifférent, une cigarette aux lèvres, le visage tourné vers la fenêtre, un œil fermé pour éviter le picotement de la fumée.

— Ishioka ! Quoi ? Vous aussi, vous venez vous ravitailler ? lui dit spontanément Miyako, d'un air guilleret.

— Non, non. Vous savez... comme tout célibataire, je n'ai pas besoin de faire beaucoup de provisions. Il y en a toujours suffisamment pour moi. En réalité, je suis né par ici et j'ai pris quelques jours de congé pour venir me rassasier. Je crois que je rentrerai demain à Yawata. Et vous, Miyako, où allez-vous ?

— Moi ? Je suis venue chercher de quoi manger ! Il paraît que dans la préfecture de Shimane, contrairement au Kita-Kyushu, on trouve de tout en abondance.

Peut-être devina-t-elle que ses voisins riaient sous cape, car elle ajouta : « Mais en fait, ce n'est pas vraiment le but de ma visite. Je viens surtout me reposer. Et si au retour, je peux rapporter quelque chose, eh bien, tant mieux ! »

— Vous en avez de la chance.

Une fois de plus, Ishioka sembla m'observer. Il s'était certainement rendu compte que je l'écoutais. Malgré tout, je continuais de regarder par la fenêtre.

Miyako et Ishioka se mirent à parler à bâtons rompus. Puis le train entra en gare de Hamada.

— Bon... à bientôt ! Quand je serai rentré à Yawata, j'irai vous voir au bar, d'accord ?

— D'accord ! Je vous attends... Au revoir.

Le jeune homme fendit la foule pour se diriger vers la sortie. Peut-être était-ce une illusion, mais j'eus l'impression qu'il me lançait à nouveau un regard avant de s'en aller.

Depuis Yamata, Miyako et moi avions voyagé dans le même train. Toutefois, à travers tout le Kyushu et jusqu'à ce que celui-ci atteigne le Honshu, nous avions évité de nous asseoir tous les deux l'un à côté de l'autre, afin de ne pas nous faire remarquer. Miyako, hôtesse dans un petit bar, m'avait expliqué qu'elle ne voulait pas que nous soyons vus ensemble. Une mesure qui servait également mes propres intérêts. J'étais donc furieux qu'elle ait de la sorte appelé l'une de ses connaissances et je lui en fis la remarque.

— Mais c'est un de mes clients, répliqua-t-elle, un garçon sympathique. J'étais si étonnée de le voir que je n'ai pu m'empêcher de l'appeler. Ne t'inquiète pas. Il n'est pas du tout du genre à faire courir des ragots à mon sujet.

Je compris ce qu'elle laissait entendre.

— Alors, tu lui plais, c'est ça ?

Miyako inclina la nuque et gloussa, plissant les yeux d'un air entendu.

Je sentis qu'il s'était soudain passé quelque chose de grave. L'incident n'avait duré que quinze ou vingt petites minutes, mais *il* nous avait vus ensemble. Mon plan tombait à l'eau.

— Comment s'appelle-t-il ? demandai-je avec insistance.

— Teizaburo Ishioka. C'est ce qu'il m'a dit.

Teizaburo Ishioka. « Retiens bien ce nom », ai-je pensé en mon for intérieur. Et dès le départ, il fut gravé dans mon esprit.

— Où travaille-t-il ?

— Je n'en suis pas sûre, mais je crois qu'un jour il a dit travailler dans l'industrie sidérurgique.

— Il habite où ?

— Je n'en sais rien. Eh, oh ! Qu'est-ce que tu vas imaginer ! Tu es jaloux ? s'écria Miyako en se pinçant les lèvres.

Puis elle éclata d'un horrible rire vulgaire qui découvrit ses gencives.

Plus j'y pensais, plus j'étais obsédé par l'idée que, pendant ces quinze ou vingt minutes, un homme répondant au nom de Teizaburo Ishioka nous avait vus ensemble, Miyako et moi, assis l'un à côté de l'autre dans un train de la ligne Sanin. J'étais anéanti. Pourquoi avait-il fallu qu'elle le rencontre justement à ce moment-là, et qu'est-ce qui l'avait incitée à lui adresser la parole ? Frustation et colère m'assaillaient de toutes parts comme des germes attaquant une plaie infectée.

En dehors de lui, jamais quiconque n'avait été témoin de notre relation. Pas une fois, je n'avais montré mon visage au bar de Miyako. Elle vivait sur place, et lorsque je lui téléphonais, je me présentais sous un faux nom, en m'arrangeant toujours pour la voir à l'extérieur. Généralement, nous nous donnions rendez-vous dans des hôtels de second ordre et nous en changions constamment. C'était dans cette région que nous avions fait connaissance, tous deux à la recherche de nourriture. Personne ne nous connaissait là-bas. Bref, notre liaison était restée secrète jusqu'à cette dernière scène cruciale, quand Ishioka nous avait surpris.

Il n'y avait aucune chance pour qu'il oublie mon visage, ce visage que tout le monde qualifiait d'« étrange ».

De mon côté également, je pouvais me souvenir avec précision de sa figure, de ces lèvres épaisses et de ces yeux globuleux. Il suffisait que je voie le nom de Teizaburo Ishioka pour que ses traits surgissent distinctement devant moi.

Mais pendant neuf mois, l'existence d'Ishioka ne représenta qu'un souci mineur. Venu à Tokyo dans l'espoir d'obtenir un rôle intéressant au théâtre, j'avais très vite intégré la Compagnie des Saules Blancs.

A vrai dire, j'avais l'impression que je m'étais inquiété sans raison. Quelle affaire ! M'être fait voir par lui ! J'essayais désespérément de me convaincre qu'il ne s'était aperçu de rien et de ne pas me mettre martel en tête.

Cependant, je compris très vite que j'avais refusé de voir la vérité en face, afin de garder ma tranquillité d'esprit.

***

(Suite du texte d'hier.) C'était la fin du mois de septembre. Je vivais dans la capitale depuis juillet. Dans une grande ville comme Tokyo, beaucoup de choses sont disponibles. A Yurakucho, un quartier d'affaires, sont vendus les journaux de toutes les provinces à l'intention de ceux qui ressentent le mal du pays et veulent avoir des nouvelles de leur ville natale.

J'y étais allé tous les jours pour acheter les journaux de Kita-Kyushu et de la préfecture de Shimane. Vers la fin de septembre, l'article que j'attendais sortit dans le quotidien de Shimane.

« Le 26 septembre, vers 10 heures du matin, un villageois a découvert le corps à moitié décomposé d'une femme, dans la forêt du village d'Okuni, circonscription de Nima. D'après le rapport du commissariat de police d'Omori, l'autopsie a révélé des traces de strangulation et ses vêtements, entre autres, permettent de conclure qu'elle était âgée de vingt et un ou vingt-deux ans. Des recherches sont entreprises pour tenter de déterminer l'identité de la victime et celle de son meurtrier. Il ne semble pas qu'elle demeurait dans la région. »

Un mois plus tard, vers la fin d'octobre, parut l'article suivant dans un journal local de Kita-Kyushu.

« Miyako Yamada, vingt et un ans, une hôtesse du bar Hatsu-Hana situé dans le quartier de Chuo à Yawata, a été trouvée morte, étranglée. La police avait engagé des recherches à son sujet, car on était sans nouvelles d'elle depuis sa disparition de son domicile, le matin du 18 juin. Son corps a été découvert dans la montagne, près du village d'Omori dans la circonscription de Nima, préfecture de Shimane. Après l'annonce de la préfecture de police d'Omori, un de ses proches fut immédiatement envoyé sur les lieux pour l'identification. On ignore pourquoi la victime s'est rendue dans cette région mais, d'après la police, elle aurait été attirée là par le meurtrier, et assassinée. Le 18 juin, vers 11 heures du matin, Miyako Yamada a été vue dans un train en compagnie d'un homme sur la ligne Sanin en direction de Kyoto. Les policiers de Yawata le soupçonnent d'être l'assassin et orientent leurs recherches dans cette direction. »

Je ne fus pas vraiment surpris que le corps de Miyako ait été découvert.

Mais lorsque je lus dans le joumal de Kita-Kyushu qu'un passager avait aperçu Miyako voyageant sur la ligne Sanin avec un compagnon, « Ça y est, nous y voilà ! » ai-je pensé. Et bien que préparé à cette éventualité, j'eus l'impression que des doigts glacials griffaient ma poitrine. Inutile de dire que le témoin était Teizaburo Ishioka. Ainsi, il savait !

L'infime espoir qu'il ne m'ait pas remarqué s'était définitivement envolé.

Sans doute avait-il donné une description précise de l'homme qui accompagnait Miyako, et à la question de l'officier de police : « Si vous le voyiez à nouveau, seriez-vous capable de l'identifier ? » Teizaburo Ishioka avait sûrement répondu : « Oui, oui, je m'en souviens très bien. Même avec un œil fermé, je pourrais reconnaître son visage. »

Pendant ces vingt minutes dans le train, il avait dû inscrire dans sa mémoire chaque trait de mon visage, mes yeux, mon nez, mes lèvres, ma mâchoire...

Sous prétexte d'emmener Miyako dans des thermes, je l'avais attirée à dessein en dehors de Yawata et tuée dans les montagnes reculées de Sanin, choisissant un endroit ignoré de tous, le plus isolé possible. Pourquoi, malgré toutes mes précautions, le mauvais sort m'avait-il frappé en faisant monter cet homme dans le train alors que nous approchions juste de Hamada, la fin de notre voyage ?

Par la suite, je réaliserais que j'aurais dû annuler mon plan à ce moment-là et décider de remettre à plus tard l'exécution de mes projets, puisque nous avions rencontré quelqu'un qu'elle connaissait.

Mais devant l'imminence de mon geste, j'étais devenu incapable de freiner mes sentiments ni de leur échapper, emporté par la fureur. Je n'avais pu reculer, pris par la nécessité de me libérer au plus vite de Miyako.

Elle était enceinte. Et quoi que je dise, elle refusait de se faire avorter.

— Tu oses me demander une chose pareille ! Mais moi, c'est mon premier enfant, ce serait atroce d'agir ainsi. Tu veux que je me fasse avorter et ensuite tu me laisseras tomber, c'est ce que tu as en tête, hein ? Espèce de lâche ! Ne crois pas que tu vas pouvoir t'en tirer comme ça ! Qu'est-ce qui te fait croire que tu peux te conduire avec tant d'égoïsme ? Désormais, je ne te quitterai plus d'une semelle.

Lassé de cette liaison avec une femme aussi stupide, braillarde, sans éducation et, qui plus est, sûre d'elle malgré sa laideur, j'avais essayé de rompre. Mais elle s'était accrochée. Et depuis sa grossesse, son caractère avait encore empiré. A la pensée de notre vie commune avec l'enfant qu'elle mettrait au monde, de dégoût, j'étais pris de vertige.

La rage au cœur, je me demandais pourquoi mon existence devrait être gâchée par cette femme insignifiante. N'y avait-il rien de plus absurde, de plus insensé ? Je me fis une promesse. Si Miyako ne renonçait pas à moi, je la tuerais pour retrouver ma liberté.

Comment pourrais-je subir une telle horreur : passer toute ma vie avec une femme nulle et sans intérêt, tout cela pour l'erreur d'un instant ! C'était au-dessus de mes forces. Quels que soient les moyens employés, je devais m'en débarrasser si je voulais m'en sortir.

Je décidai donc d'assassiner Miyako. Lorsque je lui proposai de l'emmener dans des thermes, elle se montra enchantée.

Nos relations étant par chance restées secrètes depuis le début, peu importait que Miyako disparaisse ou bien que son corps soit découvert, car personne ne serait en mesure de nous relier l'un à l'autre. J'étais un simple individu perdu dans la multitude.

Et, à l'exception de la rencontre avec Teizaburo Ishioka dans le train, tout se déroula convenablement. Après avoir passé la nuit dans un endroit appelé Yunotsu, Miyako et moi sommes allés nous promener le lendemain dans une forêt déserte. Je l'ai caressée et, tandis qu'elle se pâmait de plaisir au milieu de l'abondante végétation odoriférante du plein été, je l'ai étranglée...

De retour à Yawata, je fis mes bagages et décidai de réaliser mon vœu le plus cher, celui de partir pour Tokyo. Qui prêterait attention aux mouvements d'un homme dans la foule grouillante ?

Mais il existait sur terre une personne susceptible de penser que j'étais lié à la mort de Miyako : le témoin Ishioka. Et il ne se contentait pas de *penser*, puisqu'il avait déclaré aux autorités : « Un homme voyageait avec Miyako dans la région de Sanin lorsqu'elle a été tuée. Je l'ai vu dans le train. »

Ishioka, le seul qui ait aperçu mon visage !

***

(Suite d'hier.) Depuis l'article du journal, j'avais redoublé de prudence concernant Teizaburo Ishioka, faisant même preuve d'une hyperémotivité. Et si j'avais demandé à une agence de détectives un rapport sur lui chaque année, c'était pour le suivre pas à pas. Le savoir apparemment fixé à Yawata m'avait rassuré, et tant qu'il restait en Kyushu, j'étais en sécurité à Tokyo.

Mais un événement inattendu était intervenu. J'avais obtenu un rôle dans un film. Mon visage apparaîtrait sur les écrans. Nul doute que s'il le voyait, Ishioka réagirait. Qui pouvait me garantir qu'il n'irait pas au cinéma ?

A ma première apparition au cinéma dans *Neige de Printemps*, j'eus l'impression de m'aventurer sur un terrain plein d'épines. La crainte qu'*il* pût me voir m'avait mis les nerfs à vif. Rien cependant n'étant arrivé, je m'étais senti soulagé et détendu.

Mais cette fois, avec *La Forêt rouge*, c'est différent. Je tiens un rôle important, sans comparaison avec celui de *Neige de printemps.* La société de production essaie de me « vendre ». Ishioka va avoir la possibilité de découvrir mon visage au cinéma, c'est devenu quasiment certain.

Pour ma sécurité, j'aurais dû refuser catégoriquement le rôle. Mais comment laisser échapper une telle occasion après l'avoir si longtemps attendue ? Je veux connaître la félicité. Je veux honneur et fortune. Je veux que mes rêves se réalisent.

***

J'ai reçu une copie du scénario. Dès le premier coup d'œil, il apparaît clairement que mon rôle est l'un des plus importants, avec de nombreuses scènes et beaucoup de gros plans.

Le tournage commence dans une semaine.

Il faut que j'agisse rapidement.

***

La nuit dernière, je n'arrivais pas à m'endormir, échafaudant et démontant dans ma tête un nombre incalculable de plans.

L'existence d'Ishioka est mon seul souci sur terre. Si je n'entreprends rien pour le dissiper, je vais devenir fou. J'ai déjà décidé ce que je vais faire de lui, car il faut avant tout que je me protège. Fini d'avoir peur et de me cacher, il est temps que je prenne les choses en main, par égard pour mon ambition.

L'heure n'est plus de me demander ce que je dois faire, mais comment je dois m'y prendre.

Je suis suffisamment enclin à la peur pour imaginer que je peux rater mon coup. Dans ce cas, ce serait juste un acteur encore inconnu, Ryokichi Ino, qui disparaîtrait. Pourtant, je « joue » dangereusement avec ma vie.

***

J'ai passé la journée entière à ruminer des pensées. Je suis épuisé.

***

Comme le réalisateur tourne, alors que ce n'était pas prévu, un film dans les studios de Kyoto, le tournage ici sera en retard de deux mois sur la date prévue.

Un délai qui m'arrange.

Cette nuit, à la sortie d'une répétition de ma troupe, je me suis arrêté dans une librairie pour m'acheter un roman policier. Il m'a semblé sans intérêt, j'ai donc abandonné sa lecture en cours de route.

Ma résolution d'appeler Ishioka s'est renforcée.

***

Je vais tenter de récapituler toutes mes idées.

1. L'endroit devra être désert, plutôt en montagne. La difficulté résidera dans la nécessité de l'amener là-bas sans qu'il puisse se douter de quelque chose. Trouver le moyen s'annonce difficile. Et faire appel à une tierce personne supposerait qu'elle devienne complice.

Un mauvais point susceptible de créer des problèmes. A éviter.

2. Le cyanure de potassium est un bon procédé. Il sera aisé de le verser subrepticement dans sa boisson. J'opérerai au moment opportun.

3. Comment l'attirer là ? Il doit absolument venir seul. Mais le plus important : acquérir la certitude qu'il viendra. Car s'il ne répond pas à mon appel, cela n'a plus de sens.

Telles sont, ci-dessus, les conditions à remplir pour que mon plan puisse aboutir.

***

Après avoir songé à différentes solutions, j'en ai conclu que seuls conviendraient un bois ou une forêt isolés, qui, en principe, ne sont pas fréquentés. Pour cette raison, il est hors de question de choisir une plage ou une plaine. De même, l'intérieur d'un bâtiment comporte des inconvénients, avec le danger de se faire remarquer à l'entrée ou à la sortie.

Ce doit être un endroit où tout le monde trouvera normal que nous soyons en train de marcher dans la montagne. Un endroit où nous pourrons rencontrer quelqu'un en chemin sans attirer la méfiance.

***

Aujourd'hui, j'attendais le train sur un quai de la gare d'Ochanomizu lorsqu'une publicité pour des excursions proposées par la Société des chemins de fer m'a sauté aux yeux.

Comme je regardais sans les voir les affiches représentant les monts Takao, Mitake, Niko, etc., j'ai eu une inspiration : si c'était dans une région touristique, personne ne nous remarquerait, ni dans le train ni dans la rue. Cette idée fait son chemin.

***

Finalement, je me suis décidé pour un lieu touristique. En effet, après y avoir réfléchi à nouveau ce matin, c'est cette solution qui me semble la meilleure.

Et maintenant, parlons de l'endroit en termes concrets.

Pour sa situation géographique, j'ai choisi la proximité de Kyoto, située entre Tokyo et Yawata, la ville où il réside au Kyushu.

A priori, cela peut paraître bizarre, mais contrairement à ce que l'on pourrait imaginer, le fait d'être appelé dans une région éloignée lui inspirera confiance. Alors qu'un endroit proche de son domicile le porterait plutôt à croire à quelque mauvais tour.

Je vais lui envoyer de l'argent pour son billet de train et sa nuit d'hôtel, 4 000 yen devraient convenir. En effet, il ne faut pas sous-estimer l'effet psychologique de l'argent destiné à le mettre en confiance et à lui ôter de l'esprit l'idée d'une plaisanterie. Dans cette optique, l'argent apportera une crédibilité au contenu de la lettre.

S'il s'intéresse à cette affaire, à coup sûr, il viendra.

Après tout, il est le seul à pouvoir identifier le criminel.

L'endroit que j'ai sélectionné est le mont Hiei.

J'y suis allé deux fois déjà et je le connais assez bien. Une forêt dense de cèdres et de cyprès recouvre toute la montagne. La route du funiculaire qui part de Sakamoto et monte jusqu'en haut, au temple Konpon-chudo, est un lieu célèbre parmi les pèlerins. Deux hommes à pied n'éveilleront pas les soupçons. Et même si par la suite son corps est découvert, qui se souviendra de l'avoir vu ?

En dehors du Konpon-chudo, d'innombrables temples parsèment la montagne comme le Daiko-do, le Kaidan-in ou le Jodo-in. Nous aurons l'air de touristes allant les visiter, et personne ne s'étonnera d'apercevoir notre silhouette sur la route de montagne. Il y a un sentier qui monte vers Shimeidake et un autre vers Saito. Une forêt épaisse les envahit de toutes parts.

J'ai trouvé le site.

***

J'ai pris le train de nuit pour Kyoto.

Mon plan doit être préparé avec minutie, dans les moindres détails.

Je suis allé en train à Sakamoto puis, vers midi, j'ai pris le funiculaire pour le mont Hiei, afin de m'imprégner au préalable de l'endroit, l'une des deux raisons de mon voyage à Kyoto.

Il n'y avait presque personne dans le funiculaire. A la fin du mois de mars, il est encore un peu tôt pour venir admirer les cerisiers en fleur et nous sommes encore loin de l'éclosion des bourgeons du printemps.

Grâce à la limpidité du ciel, j'avais une vue magnifique sur le lac Biwa. Prenant mon temps, j'ai suivi le chemin qui mène au Konpon-chudo. La plupart des passagers du funiculaire étaient avec moi, et nous n'avons croisé que quelques personnes en sens inverse.

Le Kaidan-in se trouve un peu plus haut que le Daiko-do. Je me suis assis face à lui et j'ai fumé lentement cinq cigarettes. En réalité, j'étudiais l'endroit.

Le chemin qui part du Kaidan-in se divise en deux, l'un monte en direction de Saito, l'autre passe par Shimeidake pour continuer vers la gare du funiculaire Yase.

J'ai observé le coin pendant près d'une heure et je me suis aperçu qu'en général touristes et pèlerins reviennent ensuite sur leurs pas après avoir visité le Konpon-chudo et le Daiko-do. Très peu seulement se dirigent vers Saito ou Shimeidake.

Eh bien, c'est décidé. Je prendrai le chemin de Saito.

Le sentier était étroit et raide. Il n'y avait plus personne en vue. Cachés dans les forêts de cèdres, d'anciens petits temples tels le Shaka-do, le Ruri-do... semblaient abandonnés, comme délaissés par la lumière du début de printemps. J'ai poursuivi ma route, et ces constructions ont elles aussi disparu. A leur place s'étendait dans le silence absolu, loin de toute vie humaine, une vallée forestière dense et impénétrable. Le rossignol chantait par intermittence.

Je me suis arrêté pour allumer une cigarette. J'étais en train de la fumer quand m'est apparu comme une ombre sous le soleil de midi un bonze vêtu d'un kimono noir, qui descendait l'étroit sentier que j'étais en train de monter.

Quand il est arrivé à mon niveau, je lui ai demandé s'il y avait des temples plus loin.

— Le temple du Dragon de Kurodani, m'a-t-il lancé en continuant sa route d'un pas pesant.

Au nom de Dragon de Kurodani, je pouvais m'imaginer à quoi il ressemblait. Je me suis réjoui qu'il y ait un tel temple au bout de ce sentier désert de montagne.

Puis je suis resté là plus longuement pour repérer les lieux, marchant, m'arrêtant, jusqu'à ce que mon cerveau ait parfaitement tout enregistré.

A ce moment-là cependant, mon plan n'était pas encore clairement défini. En fait, il ne se présenta à mon esprit que lorsque je redescendis par le funiculaire. Je remarquai un immeuble d'appartements neufs près du temple Hiyoshi.

A la vue des couvertures en laine, des couettes et des draps blancs qui séchaient aux fenêtres et semblaient raconter la vie de leurs propriétaires, il me vint une idée. Et c'est dans le train de retour pour Kyoto que je mis au point les détails de mon projet.

A l'auberge, je passai une bonne partie de la nuit à rédiger la lettre suivante.

Cher Monsieur Ishioka,

Veuillez m'excuser de vous adresser cette lettre alors que nous ne nous connaissons pas. Je suis un parent de Miyako Yamada. Il y a neuf ans, quelqu'un a entraîné Miyako, hôtesse au bar Hatsu-hana de Yawata, à la campagne, dans la préfecture de Shimane, et l'a assassinée. Je crois que vous êtes au courant de cette affaire. Je suis représentant de commerce pour un fabricant de porcelaine et je passe la majeure partie de l'année à faire le tour de tous les grands magasins et restaurants du pays, comme maintenant, où je vous écris depuis mon auberge de Kyoto. Or, récemment, j'ai aperçu ici, dans une épicerie, un vendeur que je soupçonne d'être le meurtrier de Miyako. Il est originaire de la préfecture de Shimane et vivait neuf ans auparavant à Yawata en Kyushu. J'ai encore beaucoup d'autres raisons de croire en sa culpabilité, mais je préférerais vous faire part des détails lorsque nous nous rencontrerons. C'est à ce sujet que je vous écris. Il semble en effet que vous ayez vu le meurtrier avec Miyako, dans le train de la ligne Sanin, près de l'endroit où elle a été assassinée, et je vous serais très reconnaissant si vous acceptiez de vous déplacer pour venir voir le visage de celui que je suspecte. Il n'y a que vous qui puissiez l'identifier. Au cas où vous confirmeriez qu'il s'agit bien du même homme, nous pourrions immédiatement porter plainte à la police. Cependant, mes présomptions sont insuffisantes, et seule votre identification sera une preuve irréfutable. Je vous prie de bien vouloir m'excuser de vous importuner, mais dans quatre jours, le

2 avril à 14 h 30, je vous attendrai dans la salle d'attente de la gare de Kyoto. Je porterai une casquette marron clair et des lunettes, et dès que vous m'aurez remarqué, je vous remercie de me faire signe.

Je suis vraiment désolé d'avoir fixé arbitrairement le jour et l'heure de notre rendez-vous, mais comme je pars le 2 avril au soir pour un long voyage d'affaires dans le nord et le nord-est du Japon, j'aimerais avoir la possibilité de vous rencontrer à cette date. Veuillez accepter le mandat ci-joint pour vos frais de transport.

Je suis convaincu de la culpabilité de l'homme que je suspecte, mais tant que vous ne serez pas venu constater de vos propres yeux, je ne peux rien affirmer. Dans le cas bien improbable où je me serais trompé, je tairai son nom afin de respecter son droit à l'anonymat. Pour la même raison, je vous remercie d'éviter de prendre contact avec la police de votre région. Si cela devenait nécessaire, nous pourrions nous adresser à celle d'ici.

Je vous prie de bien vouloir m'accorder votre compréhension dans mon désir de faire arrêter l'odieux criminel de Miyako, et bien que cela puisse vous paraître un geste tout à fait déplacé de ma part, je vous supplie d'accéder à ma requête.

Veuillez agréer, cher Monsieur, l'expression de mes sentiments distingués.

Riichi Umetani

Après avoir lu et relu ma lettre, je me sentis soulagé. La proximité de la date et l'adresse de l'auberge de Kyoto sur le papier l'incitant à penser qu'il s'agissait d'une adresse temporaire – quelque chose de tout à fait normal pour un voyageur de commerce – étaient une ruse afin d'éviter qu'il ne cherche à me répondre pour obtenir des informations complémentaires. Il ne fallait pas que le tampon de la poste de Tokyo figure sur l'enveloppe. C'était l'autre raison de ma venue à Kyoto : poster ma lettre de cette ville.

J'ai choisi comme lieu de rendez-vous la salle d'attente de la gare de Kyoto car, à mon avis, c'est le dernier endroit où il se tiendra sur ses gardes. Comme moyen de reconnaissance, et en réalité pour lui donner le change, je porterai une casquette marron clair et des lunettes. Quand nous nous serons retrouvés, j'ai aussi l'intention de changer l'expression de mon visage, avec toute l'habileté d'acteur dont je suis capable.

Quand j'envoyai en recommandé la lettre et le mandat de 4 000 yen depuis la poste située devant la gare de Kyoto, j'eus conscience qu'en cet instant précis s'était engagé un combat dont l'issue était pour moi une question de vie ou de mort.

Teizaburo Ishioka répondra-t-il à ma requête, viendra-t-il réellement ? Un doute qui ne m'effleure même pas.

Bien sûr qu'il viendra ! J'en suis absolument convaincu.

***

La nuit dernière, je suis rentré à Tokyo par le train. Tout en me laissant ballotter par le roulis, j'ai vérifié par le menu mon plan au cas où j'aurais négligé un détail, afin que rien ne soit laissé au hasard. Je répétais intérieurement mon rôle, exactement comme pour une pièce de théâtre.

Premièrement : je me rends dans la salle d'attente de la gare de Kyoto à 14 h 30. Ensuite, l'homme me repère avec ma casquette marron clair et se lève. C'est Teizaburo Ishioka avec ses épais sourcils et ses yeux globuleux.

Probablement notre conversation se déroulera-t-elle comme suit : « Excusez-moi, seriez-vous M. Umetani ? » me demande-t-il. Puis il m'explique poliment qu'il a pris la veille au soir le train de nuit depuis le Kyushu et est arrivé le matin même. De mon côté, je porte casquette et lunettes ; de plus, comme j'ai dissimulé et déguisé la physionomie de mon visage, il n'est pas en mesure de réagir en se disant : « Oh ! mais c'est lui ! »

Avec application, je récite mes formules de politesse : « Je vous remercie infiniment d'être venu de si loin », puis : « Eh bien, si nous allions immédiatement voir mon suspect ? Seulement, je viens de me renseigner sur son emploi du temps, et l'on m'a indiqué qu'il a pris aujourd'hui son jour de congé. Heureusement, je connais son adresse. Verriez-vous un inconvénient à ce que je vous y conduise, bien que ce soit un peu loin ? » Quand il me demandera : « Où est-ce ? » je répondrai : « Sakamoto, à moins d'une heure d'ici en train. Etes-vous d'accord ? »

Après un dialogue de ce style, nous prenons le train pour Otsu.

A Hamaotsu, nous changeons pour un train qui mène au lac Biwa.

— C'est le lac Biwa.

— Mon Dieu ! Quelle belle vue ! s'exclame, admiratif, l'homme du Kyushu en pressant son visage contre la vitre.

Nous sommes arrivés à Sakamoto et descendons du train. Nous prenons la route qui monte vers le temple Hiyoshi quand, sur notre droite, nous apercevons l'immeuble blanc que je lui montre du doigt.

— C'est là. Il habite l'un de ces appartements.

Teizaburo Ishioka se raidit et fronce nerveusement ses épais sourcils.

— Veuillez attendre ici, s'il vous plaît. Je vais rentrer

chez lui et trouver une astuce pour l'attirer au-dehors. Lorsqu'il se tiendra près de vous, observez bien son visage, mais n'ayez aucune réaction, qu'il s'agisse ou non de notre homme. Nous échangerons quelques mots puis il rentrera certainement ensuite chez lui. Si vous l'avez reconnu, nous pourrons aussitôt le dénoncer à la police.

Il hoche la tête en signe d'approbation.

Je suis maintenant dans son immeuble. Je ne frappe à aucune porte et, après avoir attendu quelques instants, je ressors. Teizaburo Ishioka, les traits contractés par l'appréhension, est resté debout au même endroit.

— Quelle malchance, dis-je sur un ton désolé. Il est sorti. Sa femme m'a appris que comme il ne se sentait pas très bien, il est allé chez le médecin. C'est pour cette raison qu'il a demandé son jour de congé. Son médecin se trouve à Kyoto, il ne reviendra donc pas avant deux heures. Nous pourrions l'attendre, qu'en pensez-vous ?

Comme il s'est dérangé spécialement du Kyushu, il acceptera sûrement.

— Nous n'allons pas rester deux heures ici sans rien faire. Que diriez-vous de monter au mont Hiei ? Il y a un funiculaire là-haut. Avez-vous déjà visité le temple Konpon-chudo ?

Il répondra vraisemblablement par la négative. Et même s'il est déjà venu, je doute qu'il refuse mon invitation.

Nous prenons tous deux le funiculaire. Le lac Biwa diminue rapidement sous nos pieds, et la vue s'élargit devant nous. Au loin, la surface du lac disparaît dans la brume de printemps.

— C'est beau, n'est-ce pas ?

— Magnifique !

Nous sommes à présent parfaitement détendus. Arrivés à la gare, au sommet de la montagne, nous prenons le chemin qui serpente dans la forêt jusqu'au temple Konpon-chudo. Par là, il devrait me poser des questions.

— Comment vous êtes-vous aperçu que l'homme de cet immeuble était le meurtrier de Miyako ?

Je lui expose mes différents arguments. Il les approuve les uns après les autres, sans se méfier.

Bientôt, nous arrivons au temple en question.

Nous admirons, dispersés dans la forêt de cèdres, les petits temples de bois laqués vermillon. J'achète dans une petite boutique deux bouteilles de soda et jus de fruits avec deux verres, puis nous montons plus haut.

— Allons à Saito. Ce n'est pas très loin.

Il me suit. A partir de cet endroit, on ne voit plus beaucoup de touristes. Il ne reste plus que nous deux qui marchons lentement.

Après avoir vu le Shaka-do, le Ruri-do, nous continuons notre montée sur ce chemin calme.

— Plus loin, il y a le temple du Dragon de Kurodani, lui dis-je, nous pouvons aller jusque là-bas avant de redescendre. Je pense que nous avons juste le temps.

Rares sont les signes révélant le passage d'autres personnes sur le même chemin que nous. Les forêts de cèdres et de cyprès recouvrent les pentes des vallées.

— Ne pourrions-nous pas nous reposer ici ? Je suis un peu fatigué.

Comme je fais cette proposition, nous quittons le chemin pour pénétrer dans un bois de cèdres et nous asseyons dans l'herbe. Puis je débouche une bouteille de jus de fruits et verse le liquide dans un verre. J'en ouvre une moi aussi et je bois...

Un tel plan n'est-il pas excellent ? Pour glisser le cyanure de potassium dans le verre, une seconde suffit. J'en aurai plusieurs fois l'opportunité.

Mon plan semble bien au point, mais je ne cesse de le disséquer afin de vérifier s'il n'existe pas une imperfection quelque part. Ce qui est primordial : lui faire croire que je suis Riichi Umetani. Si j'y parviens, il me suivra docilement dans les forêts tranquilles du mont Hiei. L'atmosphère de vacances de cette région touristique lui ôtera tout doute. Même si quelqu'un nous voit, nous n'éveillerons pas les soupcons.

Tout ce qu'il me reste à faire est d'attendre son arrivée du Kyushu.

Version de Teizaburo Ishioka

Une lettre bizarre m'est arrivée, d'un obscur inconnu, un dénommé Riichi Umetani. Elle a été envoyée par courrier recommandé, et en l'ouvrant, j'ai découvert avec surprise un mandat de 4 000 yen.

J'ai été encore plus stupéfait en lisant le texte.

Cet Umetani se dit un parent de Miyako. Il pense avoir retrouvé son meurtrier et me demande de venir l'identifier à Kyoto. Sans doute a-t-il appris par la presse que j'avais vu un homme en compagnie de la jeune femme dans le train.

Comme le temps passe vite. Neuf ans déjà !

J'avais pris un congé à mon usine de Yawata pour retourner dans mon village natal, dans la préfecture de Shimane. En cette époque d'après-guerre, les vivres manquaient dans les grandes villes, et je voulais manger des aliments sains de la campagne.

Ce jour-là, j'avais rendu visite à un ami de Tsuda et je rentrais dans un train archibondé par des gens venus se procurer de la nourriture dans la région.

« Monsieur Ishioka ! » Une femme m'avait appelé par mon nom alors que j'essayais de me frayer un chemin parmi la foule. Je me demandais qui cela pouvait bien être. C'était Miyako, qui travaillait au bar Hatsu-hana de

Yawata. Comme j'étais un habitué, je la connaissais bien. Avec son visage rond, elle était plutôt jolie. Pour tout dire, elle me plaisait.

Rencontrer là quelqu'un de Yawata était surprenant.

— Oh, Miyako ? Si je m'attendais à vous rencontrer ici ! Vous allez où ?

Le ton de Miyako respirait la vitalité.

— Aux thermes. Comme la préfecture de Shimane regorge de nourriture, j'espère bien en acheter à mon retour.

Venir de si loin, uniquement pour aller dans un établissement thermal, me semblait beaucoup de remue-ménage, lorsque je remarquai un homme assis à côté d'elle qui regardait par la fenêtre d'un air ennuyé en fumant une cigarette.

Hum ! Manifestement, il accompagnait Miyako. Car la moitié d'une pelure d'orange traînait par terre devant chacun d'eux, dévoilant ainsi leur relation. Ils avaient dû se partager une orange qu'ils avaient achetée près de Hagi.

Je me suis senti déplacé et certainement un peu jaloux. En tout cas, l'envie de parler m'avait quitté. Quand nous sommes arrivés à Hamada, au moment de partir, je lui ai lancé aimablement : « Dès que je serai à Yawata, je passerai vous voir au bar. » Je ne pouvais imaginer, même en rêve, que je la voyais pour la dernière fois.

De retour à Yawata, je me rendis souvent au bar Hatsu-hana, mais Miyako n'était jamais là. Finalement, je demandai à l'une des hôtesses si elle avait donné sa démission.

— Pas du tout, mon cher ! Miyako, elle a fichu le camp !

— Comment ?

— Vous aviez un faible pour elle, n'est-ce pas ? Mes

condoléances. Elle a filé en douce, sans dire un mot à personne. Dernièrement, elle passait souvent la nuit ailleurs, alors je pense qu'elle a dû mettre le grappin sur un bon parti. Tout de même, quel toupet d'avoir filé comme ça ! Pourtant, elle a curieusement laissé toutes ses affaires. Pour le patron, ce serait le style de fille à avoir encore l'audace de revenir maintenant, comme si de rien n'était. Vraiment, elle a du culot, nous faire le coup quand nous sommes si occupées !

— J'ai vu Miyako. Elle était avec un type, son amant je pense, dans un train de la ligne Sanin.

— Hein ! Vous plaisantez ! Quand ?

Ses yeux se mirent tout à coup à briller.

Je lui racontai notre rencontre en détail. Les autres filles s'étaient attroupées autour de nous et poussaient des cris d'exclamation.

— Miyako a fait tout ce chemin ! Je me demande bien jusqu'où elle est allée. D'après vous ? A quoi ressemblait-il ? Il était beau ? me demanda l'une d'elles en se penchant vers moi.

Je fus pris de court pour lui répondre. Je savais que j'avais regardé son visage, mais je ne pouvais plus m'en souvenir.

— Il avait le visage allongé ? Rond ?

— Euh... lequel au fait ?

— Il portait des lunettes ?

— Euh...

— Il avait le teint clair, ou foncé comme le vôtre ?

— Euh...

— Eh bien ! constatèrent les filles déçues, on ne peut rien tirer de vous !

Quelques mois passèrent. Un jour, un policier arriva chez moi à l'improviste et me pria de le suivre au poste pour répondre à certaines questions. Comme je demandai à quel sujet, j'appris que Miyako avait été assassinée.

— Vous connaissiez Miyako, une hôtesse du bar Hatsu-hana, n'est-ce pas ? Son corps décomposé a été découvert dans une forêt de la préfecture de Shimane, à Yunotsu. Nous avons pu l'identifier grâce aux affaires qui se trouvaient encore près d'elle et en sommes arrivés à la conclusion qu'elle a été assassinée. D'après ce que j'ai entendu dire, vous auriez rencontré la victime dans un train de la ligne Sanin. Est-ce exact ? me demanda le commissaire Tamura.

Les filles du bar Hatsu-hana ont dû jaser, ai-je pensé. Mais puisque je n'avais rien à cacher, je lui racontai par le menu ce que je savais.

Le commissaire m'écouta attentivement.

— Quand était-ce ? Vous pouvez vous souvenir de la date ?

— Attendez... Je suis arrivé dans ma région le 15 juin, et cela s'est produit trois ou quatre jours plus tard, je crois... le 18 ou le 19.

— Par où passait alors le train ?

— Je suis monté à la gare de Tsuda et suis descendu à Hamada, c'était donc entre les deux.

— Hamada est à huit stations de Yunotsu, dit l'inspecteur qui se tenait près du commissaire Tamura.

— En effet, oui... Tout concorde à merveille.

Le commissaire échangea des regards avec les autres inspecteurs, puis tourna à nouveau la tête vers moi.

— Miyako était-elle seule à ce moment-là ?

— Non, il y avait assis à côté d'elle un homme que je ne connaissais pas.

— Est-ce qu'ils se sont parlé ?

— Non. Mais j'ai deviné que c'était son compagnon, parce qu'ils venaient de manger chacun une moitié de la même orange. D'autre part, l'inconnu semblait gêné et resta à regarder par la fenêtre pendant que je discutais avec Miyako. Dans ce genre de situation, c'est exactement de cette manière qu'agirait un garçon avec sa petite amie.

— Je vois...

Le commissaire souriait.

— Dites-moi, pouvez-vous vous souvenir de son visage ?

La police étant convaincue de la culpabilité de cet homme et de tenir là leur meurtrier, c'était pour eux une question primordiale.

Mais moi, je devais faire face à un véritable dilemme. Indiscutablement, je l'avais vu. Pourtant, maintenant qu'on me demandait de le décrire, j'en devenais incapable. Même en présence de la police, je ne pouvais m'en rappeler, comme auparavant avec les filles du bar Hatsu-hana.

Si je disais que je n'avais *absolument* aucun souvenir, je paraîtrais ridicule. Quelque part dans ma mémoire devait bien subsister une vague image. Après tout, je l'avais vu de mes propres yeux, il n'y avait aucune raison pour qu'il ne m'ait laissé aucune impression. Pourtant, bizarrement, je ne me remémorais rien.

— Vous ne pouvez pas essayer de vous en souvenir ? répéta l'officier de police.

— Je ne sais plus, fis-je en me grattant la tête.

Un agent apporta un paquet de photographies, des portraits.

— Regardez-les bien, me dit le commissaire qui s'obstinait, ce sont les photos de plusieurs malfaiteurs. Vous désignez les visages qui ont des traits communs avec celui de votre inconnu. Il va vous revenir peu à peu à l'esprit pendant que vous étudierez ces clichés. Tenez, par exemple, cet homme a le même profil ; lui, la même coiffure ; le front, c'est celui-ci ; les sourcils, là ; ce nez ressemble au sien ; ses lèvres, à celles-là ; la mâchoire, à celle-ci. Détendez-vous et regardez avec attention. Prenez votre temps surtout.

Je passai en revue chaque photo l'une après l'autre.

La plupart me semblaient totalement différentes. Pour certaines, en revanche, je me posais la question, on aurait dit le même profil. D'autres me rappelaient ses sourcils. Mais je ne pouvais me fier à ma mémoire, et finalement, plus je regardais, plus j'hésitais, jetant la confusion dans mon esprit.

— Excusez-moi, j'ai oublié. Je suis désolé.

J'étais en nage. Les inspecteurs ne purent cacher complètement leur désappointement.

— Vous allez rentrer chez vous et réfléchir dans le calme. Cela devrait vous revenir cette nuit durant votre sommeil, dit le commissaire qui ne semblait nullement abandonner la partie.

Ils me laissèrent enfin rentrer chez moi, mais cette nuit-là, évidemment, il me fut impossible de me souvenir de quoi que ce soit.

Les policiers continuèrent de me rendre visite : « Eh bien ! Vous y avez réfléchi ? Vous vous souvenez de quelque chose ? » me demandaient-ils. Au bout de quelque temps cependant, ils cessèrent de venir, ayant sans doute fini par renoncer.

D'après les journaux, des recherches minutieuses avaient été effectuées pour tenter de découvrir le meurtrier de Miyako, mais elles ne donnèrent rien et le crime fut classé au rang des affaires restées mystérieuses.

Maintenant, cette lettre... Je n'aurais jamais cru que cette histoire resurgirait neuf ans plus tard sous cette forme. Là encore, je devais voir le visage de l'homme qu'il soupçonnait et, dans ce but, entreprendre spécialement le voyage jusqu'à Kyoto.

A l'époque, j'avais été dans l'incapacité de garder son visage en mémoire. Alors, même si je le voyais maintenant, pour quelle raison serais-je susceptible de le reconnaître après tant de temps ?

Je ne savais que faire. Avec ce mandat de 4 000 yen, je me sentais redevable. Si, au moins, il ne m'avait pas envoyé d'argent, j'aurais pu ne pas donner suite.

Et puis, l'homme ne m'avait pas indiqué son adresse. Il voyage, m'écrivait-il, ce qui me mettait dans l'impossibilité de lui rendre son argent ou de lui envoyer une réponse. De plus, le jour fixé pour notre rendez-vous était imminent.

Il disait être un parent de Miyako. Je ne sais par quel mystère il avait réussi à dénicher le suspect dans le crime de Miyako, mais le hasard avait voulu qu'il le retrouvât si longtemps après. Ayant besoin d'une preuve irrécusable, il me priait de venir confirmer qu'il s'agissait bien du visage que j'avais aperçu.

Quel ennui ! Il n'y avait pas moyen de m'en sortir. Et puisque, depuis le début, j'étais mêlé à cette affaire, je décidai que la meilleure solution était d'en informer la police.

J'allais voir l'inspecteur Tamura au commissariat et lui montrai la lettre qu'il lut à plusieurs reprises.

— Oh, oh ! s'exclama-t-il.

Il examina également le tampon de la poste. Celui-ci provenait d'un bureau de Kyoto. C'était le commissaire Tamura qui avait dirigé l'enquête sur ce meurtre, il paraissait donc naturel qu'il se montrât fébrile.

Il emporta la lettre dans une autre pièce, certainement pour en parler à l'un de ses supérieurs.

Trois minutes plus tard environ, le commissaire revint rouge d'excitation.

— Monsieur Ishioka, je veux que vous vous rendiez à Kyoto.

Il m'avait parlé sur un ton énergique, comme s'il me donnait un ordre.

— Vous faites comme vous l'indique ce texte.

— Mais... monsieur le commissaire, je ne suis pas sûr de me souvenir de son visage, même si je le vois.

— Ne dites pas ça, on ne sait jamais. Quand vous le verrez en chair et en os, les souvenirs vous reviendront peut-être. Il faut tenter l'expérience. De toute façon, je veux que vous y alliez. Deux de nos inspecteurs vous accompagneront.

— Mais la lettre stipule que je ne dois pas contacter la police avant.

— Ne vous inquiétez pas. Nous avons notre idée. Je veux que vous observiez bien le visage de l'homme qui a écrit la lettre, ce Riichi Umetani. Les inspecteurs se cacheront pour ne pas se faire remarquer.

— Quoi ? J'étais abasourdi. Vous voulez dire que vous suspectez Riichi Umetani ?

— Monsieur Teizaburo..., commença le commissaire Tamura en se penchant vers moi par-dessus son bureau, puis baissant la voix, tant qu'un crime n'a pas été élucidé, tout le monde est considéré comme suspect. A notre avis, ce Riichi Umetani est un imposteur. Pourquoi, d'après vous ? Eh bien, celui qui a écrit cette lettre était au courant : vous aviez vu le compagnon de Miyako dans le train. A l'époque, tous les journaux en avaient parlé. En revanche, votre nom n'avait pas été révélé. Il a appris quelque part qu'il s'agissait de vous.

— ...

— Pour commencer, les filles du bar Hatsu-hana savaient que c'était vous. Elles ont pu le raconter à d'autres. Et de votre côté ?

— Je n'en ai parlé à personne, excepté au bar. Dès le début, vous m'aviez enjoint de me taire.

— Vous avez raison, en effet. Dans ce cas, cela se limite aux bavardages des filles qui se seront répandus à l'intérieur de la ville de Yawata, mais également dans un rayon plus large étendu à tout le Kita-Kyushu. Peut-être quelqu'un de cette région a-t-il entendu l'histoire. Mais il n'y a aucune raison pour qu'il sache correctement vos nom, prénom et adresse. En général, cela ne présente aucun intérêt de les mentionner, ni pour celui qui écoute, de les demander. Il est probable que les filles du bar Hatsu-hana aient déclaré quelque chose comme : « M. Ishioka, un de nos habitués », sans en dire plus, ce qui d'ailleurs importait peu. Pourtant, l'auteur de la lettre a écrit convenablement votre nom et même votre adresse exacte, trouvée je ne sais où. Comment a-t-il fait pour les obtenir ? Quand on pense qu'il est de Nagoya, il en sait vraiment beaucoup, vous ne trouvez pas ? En somme, il a écrit la lettre comme si l'information était connue de tous, oubliant juste qu'il avait cherché à l'apprendre personnellement. Tenez, comme preuve qu'il vous porte de l'intérêt, n'a-t-il pas indiqué sur l'enveloppe votre nouvelle adresse, plutôt que celle où vous viviez au moment du crime ? Quelle affaire ! En admettant qu'il ait eu vent de l'endroit où vous habitiez à ce moment-là, n'était-ce pas normal qu'il vous écrive là-bas, à votre ancien domicile de Tsu-machi, à Yawata ? Et dans ce cas, le bureau de poste aurait fait suivre votre lettre. Le fait que ce soit votre nouvelle adresse qui figure sur l'enveloppe signifie qu'il était aussi au courant de votre déménagement. Il a imprudemment écrit tout ce qu'il savait. Cela ne prouve-t-il pas que ce Riichi Umetani a continuellement gardé un œil sur vous ? Dans quel but ? Je l'ignore. Mais nous voulons le démasquer. C'est pourquoi il faut absolument que vous alliez à Kyoto.

Le commissaire Tamura avait parlé d'une seule traite.

Je l'avais écouté et, comme je commençais à être inquiet, j'acceptai. Tout ça pour avoir simplement vu Miyako dans le train, il y a neuf ans !

Afin de suivre les indications de la lettre – nous devions nous rencontrer à la gare de Kyoto le 2 avril à 14 h 30 – je pris la veille au soir, en compagnie de deux inspecteurs, un train rapide de nuit à la gare Orio. C'était le Genkai de 21 h 43.

Les deux policiers allaient comme moi à Kyoto pour la première fois et, malgré la tension, nous ressentions comme du plaisir.

Dans le train, je ne parvins pas à dormir et ne m'assoupis qu'à l'aube, vers 6 heures. Les deux inspecteurs assis devant moi s'étaient endormis depuis longtemps.

Lorsque j'ouvris brusquement les yeux, il faisait complètement jour, et la lumière du matin pénétrait à flots par la fenêtre. Les policiers savouraient une cigarette.

— Dites donc ! Vous avez l'air d'avoir passé une bonne nuit.

— Je suppose, oui.

J'allai me laver la figure, une trousse de toilette à la main, et quand je revins à ma place, le soleil s'était complètement levé.

Le train longeait la côte. Les rayons du soleil effleuraient l'eau calme de l'océan. Au loin, l'île Awaji glissait lentement tandis que près des fenêtres, les forêts de pins étaient happées par la vitesse.

— Voilà donc la côte Suma !

L'inspecteur ne se lassait pas de contempler le célèbre paysage.

En le regardant, j'éprouvai soudain la sensation que j'avais déjà assisté à cette scène quelque part. Il ne s'agissait pas de l'inspecteur, mais de sa pose, qui me donnait vaguement l'impression de l'avoir vue auparavant dans un rêve. Il m'arrive quelquefois de me laisser prendre par ce genre d'illusion. Dans un lieu que je n'ai jamais visité, j'ai l'impression d'y être déjà venu, ou bien je suis en train de parler avec quelqu'un sur une route déserte et je me dis : « Tiens ! C'est la réplique exacte d'une scène dont j'ai rêvé. » C'est une manie bizarre.

Bon. Nous sommes arrivés à Kyoto à 10 h 19. Il restait un temps largement suffisant d'ici à 14 h 30, l'heure du rendez-vous.

Après avoir pris notre petit déjeuner dans le train, d'un commun accord, nous avons décidé de visiter la ville puisque, après tout, nous avions fait tout ce chemin pour venir à Kyoto.

En commençant par le temple Higashi Hongan devant la gare, puis ceux de Sanjusangen-do et de Kiyomizu, nous nous sommes ensuite promenés sur l'avenue Shijo jusqu'à la vieille ville.

L'un des inspecteurs a regardé sa montre.

— Il est midi. Nous pourrions manger un petit quelque chose avant de retourner à la gare, non ?

— Bonne idée, et si cela vous dit, j'aimerais essayer un *imobo*, une spécialité locale, dit l'autre.

— *Imobo ?* C'est très cher, je crois ?

— Oui, et alors ? N'importe comment, nos frais de mission ne permettront pas de couvrir la totalité de nos dépenses. Comme je ne sais pas si nous aurons l'occasion de revenir à Kyoto, il faut absolument que nous en profitions.

La cause entendue, nous sommes allés dans un restaurant près du parc Maruyama à Gion.

— Vous êtes trois ? nous demanda la serveuse. Je regrette, mais toutes les salles sont occupées. A moins que... si vous vouliez partager avec un autre client ?

Comme nous n'y voyions pas d'inconvénient, elle nous a donc conduits jusqu'à une petite pièce de six tatamis.

Là, il y avait un homme qui mangeait...

Journal de Riyokichi Ino

2 avril. C'est enfin le jour J.

Je suis arrivé à Kyoto à 8 h 30 par le Gekko, le train que j'ai pris la nuit précédente à Tokyo. Il me reste six bonnes heures avant notre rendez-vous.

N'ayant rien de mieux à faire, je visite le temple du Pavillon d'or et effectue le tour du mont Arashi.

Le ciel est bleu. Les bourgeons des fleurs de cerisiers se colorent déjà. Je traverse le pont Togetsu, puis reviens sur mes pas pour prendre un taxi jusqu'à l'avenue Shijo. Il est 11 h 30.

J'ai un peu faim. Je me demande ce que je vais bien pouvoir manger. Puisque je suis à Kyoto, autant choisir quelque chose qui n'existe pas à Tokyo. Je me décide pour un plat d'*imobo.*

Au temple Yasaka, je descends du tramway et me dirige vers le parc Maruyama. Comme c'est la pleine saison, il y a foule, des élèves en voyage de classe ou des groupes de touristes venant de province.

Au restaurant, on me sert cette spécialité dans une petite pièce. Tout en mangeant, je songe à ma confrontation avec Teizaburo Ishioka qui a lieu dans deux heures.

L'heure où je vais mettre ma vie en jeu approche. Je dois vivre, que ce soit dans le droit ou le mauvais chemin. Il faut que je gagne. Chacun, dans son existence, connaît un moment où la chance lui sourit. De notre décision de la saisir ou de la laisser échapper dépend notre réussite ou notre ruine. Et moi, je veux avoir du succès.

Ce fut vraiment mon erreur de m'être compromis avec une femme aussi insignifiante que Miyako. Si j'avais continué avec elle, jamais je n'aurais pu m'élever dans la société. Cette fille s'était servie de sa grossesse pour que je sois pieds et poings liés. Même quand j'avais insisté pour l'avortement, elle avait refusé une fois pour toutes, le visage pâle et menaçant, en tentant désespérément de m'attirer dans son camp. J'avais fait tout ce qui était en mon pouvoir pour m'échapper. La pensée de ce qu'aurait été ma vie avec cette fille sinistre et misérable m'était insupportable, et si j'avais dû me retrouver en si mauvaise posture, je serais devenu fou. C'est alors qu'était née mon intention de la tuer.

Même maintenant, je ne regrette rien.

Et ma chance devrait tourner parce que j'ai assassiné une femme aussi peu intéressante ! Quoi de plus absurde !

Si j'avais tué une très belle personne, de grande valeur, j'aurais volontiers offert ma vie en échange. Mais je devrais renoncer à mon bonheur pour me faire pardonner le meurtre de Miyako que je considérais avec mépris comme la femme la plus stupide et la plus vilaine au monde.

C'est égal, quelle malchance pour Teizaburo Ishioka que la voie de ma réussite passe par l'exposition de mon visage sur les écrans de cinéma. Et pour que cet homme ne le voie jamais, je dois lui fermer les yeux pour toujours.

Qu'importe le moyen utilisé, je veux vivre. Je désire gloire et argent. Je veux une vie agréable.

... A ce moment-là est arrivée la serveuse. Je lève les yeux.

Elle me demande si je veux bien partager la pièce avec trois autres personnes. Je lui réponds par l'affirmative.

Les trois clients entrent. Je suis en train de manger.

— Excusez-moi.

L'un d'eux me salue et s'assoit près de la table, juste devant moi.

A moins d'un mètre, sur ma gauche et sur ma droite, deux des clients se font face tandis que le troisième est assis exactement dans la direction opposée de la mienne. La serveuse a porté des serviettes chaudes. Les trois s'essuient la figure tout en continuant de parler.

Ils ont l'accent du Kyushu. Intrigué, je relève la tête. Mes yeux s'immobilisent sur le visage de l'homme qui s'essuie devant moi.

Mon cœur s'arrête.

Je ne peux plus respirer.

Incapable de détacher mon regard de lui, je reste paralysé. Si je m'obligeais à détourner les yeux, il me semble qu'éclaterait quelque chose de terrible.

L'homme juste en face de moi... les sourcils épais, les yeux globuleux... celui d'il y a neuf ans, Teizaburo Ishioka !

Des clameurs incompréhensibles tourbillonnent dans ma tête. Qu'est-ce que cela veut dire ? Comment l'homme à qui j'ai fixé un rendez-vous à la gare de Kyoto à 14 h 30 se retrouve-t-il assis ici ? Je sens refluer le sang de mon visage. Que dois-je faire ? J'ai la figure à nu, sans maquillage. Je ne porte ni casquette ni lunettes. Mon visage est exposé à son regard, exactement comme il l'était alors. Je ne peux m'enfuir. Que dois-je faire ? Qui sont ses deux compagnons ?

Mes oreilles résonnent. Les alentours se sont brusquement obscurcis. J'ai l'impression de couler.

Teizaburo Ishioka regarde tranquillement dans ma direction. J'ai envie de m'exclamer le premier, incapable d'attendre son cri. Mon corps tremble de terreur. Les doigts qui tiennent mes baguettes n'obéissent plus.

Les baguettes laquées font un petit bruit en tombant sur les tatamis.

Mais son air aimable ne s'est pas altéré. Il écoute ses compagnons. Et de temps en temps, donne une réponse, affichant un visage serein. Sans doute à cause des neuf années passées, il paraît un peu plus âgé.

Cette situation a duré trente secondes... une minute... Il n'est rien arrivé.

Ils parlent à voix basse, mais leur ton n'a pas changé.

La serveuse a apporté les plats. Les trois se mettent immédiatement à manger. Teizaburo a la tête penchée, tout à la dégustation de la spécialité locale.

Qu'est-ce que cela signifie ? Il vient de voir mon visage et n'a cependant montré aucune réaction.

A-t-il, par hasard, oublié à quoi je ressemblais ? Soudain, je saisis.

Comment dire ?... Depuis le début, il ne se souvient pas bien de mon visage. Je ne lui ai laissé qu'une impression floue. Il ne m'avait pas regardé de près.

« Bien sûr. C'est ça ! »

Soudain, j'ai l'impression que mon corps monte jusqu'au plafond en tournoyant légèrement.

Je prends une profonde inspiration.

Puis je me lève. Je marche lentement sur les tatamis pour aller prendre dans ma poche une cigarette. Une confiance excessive jaillit en moi.

Je comprends tout. Le brave Ishioka, parce qu'il a reçu 4 000 yen, s'est senti obligé de venir à Kyoto. Lorsqu'il rencontrera l'homme à la casquette et aux lunettes, il se grattera la tête en s'excusant : « Je suis désolé, mais je ne me souviens pas bien de lui. » C'est quelqu'un d'honnête et bien élevé. Les deux autres doivent être ses amis, venus sans doute pour visiter la ville.

Je suis rasséréné. Je leur adresse la parole. Un acte téméraire...

— Je voudrais fumer. Auriez-vous des allumettes ?

Ishioka me regarde soudain. Je sens mes traits se crisper. Il me tend en silence les allumettes sur la table.

— Merci, lui dis-je, et j'allume ma cigarette. Mais Ishioka ne prête déjà plus attention à moi, piquant avec gourmandise ses baguettes dans son plat d'*imobo.*

Je suis sorti.

Le parc Maruyama ne m'a jamais paru aussi beau. Jamais le paysage de Kyoto ne m'a semblé aussi accueillant.

Adieu à la salle d'attente de la gare de Kyoto et au mont Hiei !

J'éclate de rire tout seul. Et tandis que je ris, des larmes coulent sur mes joues.

Version de Teizaburo Ishioka

Bien que nous ayons attendu très longtemps à la gare de Kyoto, un homme répondant à la description de la lettre ne s'est jamais montré. 14 h 30 était passé depuis longtemps... 16 heures... 17 heures...

A 20 heures, nous avons décidé qu'il ne viendrait plus.

Les inspecteurs étaient déçus.

S'agissait-il d'une plaisanterie de mauvais goût ? Si c'était le cas, pourquoi m'avoir envoyé 4 000 yen ?

Selon les inspecteurs, il ne s'agissait pas d'une plaisanterie : il nous avait « sentis ».

Sentis ? Mais quand ?

Pour je ne sais quelle raison, j'avais perdu une partie de mon assurance.

Nous avons eu une discussion pour déterminer si nous devions attendre jusqu'au lendemain, au cas où, mais ayant conclu que c'était inutile, nous sommes repartis le soir même en Kyushu par un train rapide de nuit.

Ce furent deux bien étranges journées.

Journal de Riyokichi Ino

Le tournage des *Forêts rouges* avance.

Jusqu'à présent, je ne m'étais pas rendu compte à quel point la tranquillité d'esprit pouvait faire la différence. La confiance a gagné chaque parcelle de mon corps.

Je peux le faire !

***

Nous approchons de la fin des prises de vues. Mon rôle est terminé, je peux donc souffler un peu.

Là encore, le directeur semble vouloir de moi. Il m'a dit qu'il cherchait un scénario hors du commun dans l'intention de me faire tenir le premier rôle.

***

Le film *Les Forêts rouges* est sorti sur les écrans.

Les critiques de la presse sont bonnes. Tous les journaux m'ont encensé : « Excellent et original numéro d'acteur de Ryokichi Ino. »

Y. est aux anges.

***

Aujourd'hui, j'ai reçu des offres de deux autres sociétés de production de films. Je m'en remets complètement à Y. Pour l'heure, il est plus perspicace que moi.

Tout est en train de se dérouler comme je le désirais. La notoriété et l'argent sont à ma portée. Je me suis murmuré mon expression favorite :

« Après avoir gagné beaucoup d'argent, je ne savais comment le dépenser. Je songeais à me cacher dans le salon privé d'un magnifique restaurant de luxe où, une coupe de champagne à la main, j'écouterais la musique d'un groupe de gitans jouant pour moi seul. Puis, au son de leurs chants, je me mettrais à pleurer. »

Version de Teizaburo Ishioka

Je n'étais pas allé au cinéma depuis longtemps. On donnait *Les Forêts rouges*. D'après ce que j'avais entendu dire, les critiques le recommandaient dans les journaux. C'était un film sérieux, avec très peu d'action, que l'on appelle, je crois, un film d'art et d'essai.

Un acteur complètement inconnu, Ryokichi Ino (un comédien de la Nouvelle Vague, paraît-il) avait un rôle important.

Il campait le personnage d'un homme rendant visite à une femme mariée dans sa villa. L'histoire avait pour cadre les montagnes de Hakone. Le cœur brisé, Ryokichi Ino descendait de la montagne et prenait un train à Odawara.

Il regardait par la fenêtre où défilait le paysage de la région d'Oiso. Il prenait une cigarette.

Le visage de Ryokichi Ino qui observe le panorama de Chigasaki en fumant sa cigarette.

Le profil de Ryokichi Ino en train de regarder par la fenêtre... Mon Dieu ! Je l'avais déjà vu quelque part. Ce n'était pas un rêve. Je l'avais rencontré autrefois. J'en avais la certitude. Je ressentis exactement la même chose que lorsque j'avais vu l'inspecteur dans le train pour Kyoto.

Un premier plan du visage de Ryokichi Ino.

Son visage, quand il regarde fixement par la fenêtre. La fumée de sa cigarette tournoyant et lui picotant les yeux. Un œil fermé. Les sourcils froncés. Cette expression ! Ce visage ! Je fus saisi par un terrible doute.

Involontairement, je laissai échapper un cri. Surpris, mes voisins se tournèrent vers moi.

Je me ruai au dehors et, malgré les martèlements de mon cœur, marchai à grandes enjambées jusqu'au poste de police. Il fallait que je fasse part au plus vite de mes soupçons.

AU-DESSUS DE TOUT SOUPÇON

1

Cher M. ...

Pour l'instant, je ne précise pas de nom après « Cher M. ... », car je me demande encore qui sera le destinataire. Il se peut que j'adresse ce courrier à la police, au département des affaires criminelles. Ou bien à l'avocat adéquat. Ou peut-être laisserai-je un blanc. Je ne serai en mesure de me décider qu'une fois cette lettre terminée.

D'ailleurs, j'ignore même s'il s'agit d'une lettre ou d'un journal intime. Dans le premier cas, le style direct me semble par trop irrespectueux. Et dans l'autre, il ne convient pas de s'adresser directement à quelqu'un. A vrai dire, je risque de créer, par la combinaison des deux, une structure totalement différente.

Mais avant tout, il faut que je raconte ce qui s'est passé voilà sept ans, en avril 1950.

Je travaillais alors à la banque T., de Tokyo, l'un des établissements bancaires les plus importants du Japon. J'étais un célibataire de trente et un ans qui ne manquait de rien et je menais une vie agréable, avec les aspirations habituelles de tout un chacun pour son avenir.

Je vivais avec ma sœur dans une maison louée à la périphérie d'Asagaya. Je ne sais ce qu'il est advenu de ce quartier, mais il restait dans ce temps-là des petits bois dans les environs. Et en inspirant profondément, on pouvait ressentir l'atmosphère des plaines de Musashi. Chaque jour, je partais travailler le cœur en fête.

Ma sœur, Mitsuko, était âgée de vingt-sept ans. Mariée à l'âge de dix-neuf ans, elle avait eu le malheur de perdre son mari alors que la guerre touchait à sa fin. Seul et unique membre de sa famille, je lui proposai d'habiter chez moi. Par bonheur, elle n'avait pas d'enfant. J'espérais que se présenterait un bon parti et qu'elle se remarierait. J'y veillais discrètement.

D'une nature gaie, Mitsuko avait l'habitude de chanter à tue-tête en s'occupant des tâches ménagères. Je la réprimandais fréquemment pour le vacarme qu'elle occasionnait. Quand je rentrais de la banque et que j'approchais de la maison, je pouvais distinguer des chansons comme *Riru revient de Shanghai*, un air populaire à l'époque, dont ma sœur raffolait. Chaque fois que Kasaoka, un collègue de la banque, se trouvait avec moi, je me sentais gêné.

— Quel mal y a-t-il à être joyeux ? me dit un jour Kasaoka en riant.

A près de quarante-deux ans, ce n'était pas mon supérieur direct, mais le chef d'un autre service. Comme il habitait mon quartier, nous revenions souvent ensemble.

— Hé ! Conduis-toi comme quelqu'un de ton âge, ne chante pas si fort, hurlai-je à ma sœur depuis le vestibule, à peine fermée la porte à claire-voie.

Mais Mitsuko me tira la langue.

— Alors ça ! Je suis donc si vieille ?

— Oui. Une femme qui va avoir trente ans, c'est une mémé !

— Tu es atroce ! Et en plus, tu triches en me rajoutant trois ans. Il y a beaucoup de gens qui m'appellent mademoiselle.

Elle disait vrai. Mitsuko paraissait jeune, sans doute à cause de sa frêle constitution. Ou bien était-ce parce que sa vie conjugale avait été brève. Très jeune de caractère, puérile même, elle affectionnait les vêtements de couleurs voyantes.

— On va se moquer de toi si tu parles comme ça. A l'instant, j'étais avec Kasaoka, et quand il t'a entendue chanter aussi fort, il a ricané.

— Quoi ? C'est impossible. M. Kasaoka me fait toujours des compliments sur ma voix. Il est très aimable, non ? Quand il m'a aperçue pour la première fois, il m'a donné vingt, vingt et un ans.

— Mmm... Petite prétentieuse !

Je me sentis tout à coup mal à l'aise et fus envahi par une impression désagréable vis-à-vis de ma sœur, mais aussi de Kasaoka qui avait fait connaissance avec elle à mon insu. Quelque chose se tramait derrière mon dos et, même si c'était peu important, j'en éprouvais un sentiment déplaisant.

Bien qu'il ait dépassé la quarantaine, l'homme respirait la force, avec des sourcils épais et un grand nez. Le bruit courait que son amour des femmes causait bien du souci à la sienne. Je devais rester vigilant et songeais à mettre ma sœur en garde au premier signe avant-coureur. En un mot, je ne cessais de contrôler la situation sans qu'il y paraisse. Mais comme rien de particulier ne se produisait, je n'avais en fait aucune raison d'évoquer le sujet. A vrai dire, je m'inquiétais inutilement.

Trois mois plus tard, fin juin, Mitsuko me dit pendant le petit déjeuner :

— Après-demain, c'est le jour anniversaire de la mort de Teruo. Cela fait longtemps que je ne me suis pas recueillie sur sa tombe, j'aimerais m'y rendre.

Teruo, le mari décédé de Mitsuko, était originaire de la préfecture de Yamagata. Effectivement, elle n'était pas retournée là-bas depuis deux ans.

— Vas-y, bien sûr, approuvai-je avec joie. Ce n'est pas bien d'être restée autant de temps sans y aller.

Ce jour-là, je demandai même une avance sur salaire à la banque et l'offris à Mitsuko.

— Je te remercie, mais je n'ai pas besoin de tant d'argent.

Comme Mitsuko hésitait, je l'obligeai à le prendre. La suite montrera qu'elle disait vrai au sujet de l'argent.

Le lendemain matin, Mitsuko quitta la maison pleine d'entrain. Elle semblait heureuse, car, levée à l'aube, elle s'était préparée en chantant son air préféré, *Riru revient de Shanghai.* Cette fois-ci, elle avait chanté doucement, je ne m'en étais donc pas plaint. Lorsque je partis à mon travail, elle m'accompagna jusqu'à la station de Shinjuku.

— Au revoir !

Debout sur le quai, elle agita la main dans ma direction alors que je me tenais dans le train bondé qui allait m'emporter vers la gare de Tokyo. La moitié de son visage brillait dans le soleil du matin estival.

Ce fut la dernière fois que je vis Mitsuko vivante.

2

Mitsuko avait disparu.

Je m'en aperçus une semaine plus tard lorsque je reçus la réponse au télégramme que j'avais envoyé à ses beaux-parents, m'informant que Mitsuko n'était jamais arrivée chez eux. Je restai abasourdi.

A tout hasard, je pris l'express pour Yamagata, mais en effet, personne ne l'avait vue. Sa belle-famille se montrait extrêmement inquiète. Nous avons discuté ensemble et je décidai que, dès mon retour dans la capitale, je demanderais à la police de lancer un avis de recherche. Dans le train, je notai sur un papier son âge, sa taille, son poids, les vêtements qu'elle portait le jour de sa disparition, ses traits particuliers. J'ajoutai une photo récente. Anxieux, tourmenté, je ne pus dormir de la nuit, d'horribles éventualités se succédant sans relâche dans mon esprit. D'un côté, je fondais de grandes espérances sur les recherches de la police, mais de l'autre, je n'y croyais guère. Comment la police, qui devait avoir des cas beaucoup plus importants à traiter, s'occuperait-elle de celui-ci avec diligence ?

Quels pouvaient bien être les motifs de cette disparition ? Je ne disposais d'aucun indice. Si Mitsuko avait disparu, c'était contre sa volonté, contrainte et forcée par quelque événement extérieur. Je regrettais de l'avoir laissée partir seule en voyage. Mais tout de même, à vingt-sept ans, on n'a plus besoin de chaperon ! Pourtant, maintenant, je me reprochais terriblement de ne pas l'avoir accompagnée. Les jours passaient, j'en venais à imaginer le pire. Je m'abonnai aussitôt à trois journaux, consultant quotidiennement la page des faits divers que, malgré ma frayeur, je ne pouvais m'empêcher de lire.

Mitsuko était partie depuis quatre jours quand, en chemin pour la banque, j'avais rencontré Kasaoka que je n'avais pas vu depuis un bon moment.

— Est-ce que votre sœur s'est absentée ? me demanda-t-il. Ces temps-ci, votre maison reste fermée dans la journée.

— Oui, elle est en province.

— Oh ! Et où ça ?

— A Yamagata.

A ce moment précis, je ne savais pas encore que Mitsuko avait disparu. On se tenait debout, épaule contre épaule, la main suspendue aux courroies de cuir du train. Puis nous nous étions dirigés vers la banque en devisant.

Quand, enfin, je réalisai que Mitsuko avait disparu, Kasaoka me témoigna toute sa sympathie.

— C'est terrible pour votre sœur, me dit-il d'une voix étouffée, avec sollicitude.

— Je vous remercie de vous inquiéter.

— Avez-vous demandé à la police de faire des recherches ?

— Oui, je l'ai déjà fait.

— Vous ne devriez pas laisser traîner les choses comme ça. Il paraît que si vous connaissez quelqu'un de haut placé, la police se montre plus consciencieuse, insista-t-il. Puis, voulant me réconforter, il ajouta : Espérons qu'une aussi gentille fille que Mitsuko, si gaie, revienne vite, saine et sauve.

Le vingt et unième jour après son départ, dix jours après ma démarche auprès de la police, je sus ce qui était arrivé à Mitsuko. La demande de recherches avait finalement abouti.

— Nous avons été mis sur la voie par une personne qualifiée d'un commissariat de police de la ville de Y., dans la préfecture I., m'expliqua l'officier de police. Comme il s'agissait d'une mort naturelle, on ne nous a pas fourni de photos du corps. Vous irez là-bas ? me demanda-t-il.

Y. se trouvait dans une région célèbre pour ses sources chaudes, au nord du pays, située à l'opposé de Yamagata où Mitsuko était censée aller. J'hésitais.

— Les vêtements, le physique, la physionomie de la femme correspondent à votre déclaration. Elle est morte subitement dans l'auberge d'une station thermale, mais comme on ne connaissait pas son identité, elle a été provisoirement inhumée dans le cimetière municipal.

A ces mots, je décidai d'aller à Y. constater de mes propres yeux. Je pris le train de nuit et arrivai le lendemain à midi. Même si cette station thermale, entourée de montagnes sur trois côtés et traversée en ligne droite par une rivière limpide, était célébrée dans de nombreux chants folkloriques, elle allait devenir pour moi un abîme de tristesse. Un employé municipal me conduisit dans un coin du cimetière communal. Le corps fut exhumé d'un caveau. Indubitablement, c'était celui de Mitsuko. A l'intérieur du cercueil, le cadavre en décomposition restait identifiable. Après l'avoir reconnue, je pleurai.

On me montra le sac à main, la valise contenant la trousse de maquillage, les sous-vêtements et les vêtements spécialement mis de côté. Tout appartenait bien à Mitsuko.

— Il manque quelque chose ? s'enquit l'employé municipal.

Je cherchai. Seul manquait le porte-cartes de visite que Mitsuko glissait toujours dans son sac.

— Il n'y a pas son porte-cartes.

L'employé échangea un regard déconcerté avec les autres personnes présentes. Quelqu'un montra l'emplacement où l'étiquette du nom avait été arrachée de la valise. Je me rendis également compte que les mouchoirs brodés aux initiales de ma sœur ne s'y trouvaient pas.

On m'apprit que Mitsuko était morte brutalement d'un arrêt du cœur dans la chambre d'une auberge. Depuis longtemps, en effet, elle souffrait de problèmes cardiaques. La crise s'était produite vers 5 heures du matin et quand le médecin était accouru environ une heure plus tard, son cœur avait cessé de battre.

— Elle n'était pas seule, dit l'employé en hésitant.

Je l'avais déjà plus ou moins deviné, mais mon visage devint rouge de honte. Je n'osais le regarder en face.

J'allai à l'auberge présenter mes excuses pour le tracas que leur avait donné la mort de ma sœur. Le patron et ses employées m'expliquèrent avec des airs gênés et apitoyés ce qui s'était passé.

Accompagnée d'un homme, Mitsuko était descendue chez eux le 1er juillet, le lendemain du jour où nous nous étions séparés à la gare de Shinjuku. Elle semblait s'être rendue ici directement en quittant Tokyo. Ce soir-là, il n'était rien arrivé. Et comme l'endroit plaisait au couple, ils avaient décidé de rester une nuit supplémentaire. Le tragique accident se produisit le deuxième soir, au crépuscule.

Lorsque ma sœur eut son attaque, son compagnon paniqua complètement. Après constat du décès par le médecin, la femme de chambre recouvrit d'un linge blanc le visage de la morte. L'homme changea rapidement de vêtements et quitta brusquement l'auberge, disant qu'il allait au bureau de poste. Le personnel de l'auberge pensa que c'était pour envoyer un télégramme. Dans la confusion, personne ne vit qu'il sortait avec sa valise ni qu'il dérobait le porte-cartes dans le sac à main de la femme. L'homme ne revint jamais.

On découvrit que le couple s'était inscrit sur le registre de l'auberge sous un faux nom, car le télégramme envoyé par le patron à l'adresse indiquée lui fut retourné. Il ne lui restait plus qu'à charger la mairie de l'inhumation.

— Quel abominable type ! Faire preuve d'une telle insensibilité !

Encore maintenant, les employées de l'auberge le couvraient d'injures.

On me donna une description précise de l'homme, et j'examinai son écriture sur le registre. Puis je réglai la note pour les deux, en y ajoutant un supplément. Le lendemain, je rentrai à Tokyo avec les cendres de ma sœur.

3

Il n'existait aucun homme au monde pire que l'abject Yuichi Kasaoka.

Je ne lui reprochais pas d'avoir séduit Mitsuko. Elle s'était laissé faire, et portait donc une grande part de responsabilité. Mais sa fuite après la mort subite de ma sœur était un comportement odieux, impardonnable. Probablement redoutait-il que sa liaison ne fût révélée, à sa femme pour commencer, à moi ensuite, puis à la société tout entière. Pour lui, la mort brutale de sa maîtresse était une catastrophe.

Je pouvais comprendre dans quel état d'esprit il se trouvait lorsque, gagné par la panique, il avait filé. Mais, en tant que frère de Mitsuko, je ne pouvais lui pardonner. Car même après sa mort, il l'avait déshonorée. Je bouillais d'une colère haineuse contre cet homme qui avait commis l'acte infâme de dérober ses cartes de visite afin que reste secrète sa liaison, et d'abandonner son corps qui fut enterré comme celui d'une vulgaire inconnue. Le lendemain de sa fuite je crois, il m'avait salué et avait joué l'innocent en me posant des questions sur l'absence de ma sœur. Sa ruse, celle de me conseiller de contacter quelqu'un de haut placé dans la police, était également destinée à dissimuler la vérité.

La description faite par le personnel de l'auberge et l'écriture sur le registre désignaient Kasaoka. Discrètement, je regardai à la banque des documents rédigés de sa main. La forme particulière de ses caractères correspondait exactement à celle-ci. J'appris qu'il avait demandé une semaine de vacances à partir du 1er juillet, sous prétexte de se rendre dans sa ville natale. Tout concordait.

Kasaoka n'eut pas l'audace de se montrer aux obsèques de Mitsuko. Invoquant une indisposition, il se fit représenter par sa femme. L'ignorante épouse, dont la figure ressemblait à celle d'un renard, pria poliment devant l'autel. Je racontai que Mitsuko était morte chez des parents, et malgré les doutes que semblèrent avoir mes collègues, je persistai dans ma version. Dans le but avoué de défendre la vertu de ma sœur et également de sauver mon honneur. Mais j'avais une autre raison, encore vague.

Le jour où je repris le travail, après les obsèques, je tombai sur Kasaoka. Quand je lui demandai de monter avec moi sur la terrasse du toit de la banque, son visage changea de couleur.

Il n'y avait pas une âme, là-haut. Le vent soufflait. Les rues de Tokyo accablées par les rayons du soleil s'étendaient sous nos yeux. Excepté le bruit des voitures qui nous parvenait assourdi comme le murmure d'une lointaine chorale, tout semblait sans vie.

Son visage était aussi blanc qu'une feuille de papier. Je devinais que ce n'était pas seulement dû à la puissante irradiation des rayons du soleil. Ses yeux, son nez, sa bouche, tous ses traits étaient déformés par la peur. A mes questions concernant sa conduite inacceptable à l'auberge de Y., il affirma être allé dans sa ville natale à l'ouest du Japon et n'avoir rien à voir avec cette histoire.

— Dans ce cas, lui fis-je, un sourire sarcastique aux lèvres, verriez-vous un inconvénient à ce que je fasse venir les employées de l'auberge à Y. pour vous rencontrer ?

Il resta sans voix.

C'est seulement après un bon moment qu'il finit par avouer. Le vent ébouriffait ses cheveux clairsemés.

— Pardonnez-moi, me dit-il en préambule, avant de passer aux aveux.

Devenue sa maîtresse deux mois plus tôt, Mitsuko l'avait ensuite rencontré cinq fois en cachette. Abasourdi, je ressentais une colère froide de m'être ainsi laissé abuser. Un instant, j'ai même haï Mitsuko. De toute évidence, tous deux avaient mijoté leur voyage ensemble, et lorsque j'avais offert à Mitsuko l'avance prise sur mon salaire, elle s'était montrée hésitante, car, en fait, il avait en partie payé ses frais de transport.

Je ne pouvais croire que ma sœur fût une femme aussi facile. D'une nature plutôt extravertie, elle était cependant sérieuse, d'une certaine façon. Son mariage n'avait pas duré longtemps, et à la mort de son mari, elle était venue vivre avec moi. N'ayant pas d'amis, elle sortait rarement. Elle était, pour ainsi dire, restée en retrait du monde. Tandis qu'au contraire Kasaoka avait la fâcheuse habitude de courir après les femmes. Cela avait dû représenter pour lui un jeu d'enfant que de séduire ma sœur, et je pouvais m'imaginer sans peine la rapidité avec laquelle la naïve Mitsuko de vingt-sept ans était tombée dans les bras de ce Don Juan. Comme je devinais que cela devait arriver un jour ou l'autre, je les surveillais du coin de l'œil. Je m'en voulais de ne pas les avoir démasqués. Désormais, les regrets n'avaient plus cours.

Lorsque Mitsuko eut sa première crise cardiaque, Kasaoka réveilla immédiatement une femme de chambre et l'envoya chercher un médecin qui, pour je ne sais quelle raison, fut long à arriver. Ses crises violentes s'amplifièrent, son teint vira au violet foncé... Affolées, les employées couraient dans tous les sens. Il ne pouvait que succomber à la panique.

Bientôt, les mains crispées de la jeune femme sur sa poitrine se relâchèrent. C'est seulement après l'arrivée du médecin que son compagnon réalisa qu'elle était morte.

Kasaoka n'aurait jamais cru qu'elle pût mourir. Il restait en état de choc. Sa première réaction fut la peur des conséquences, car il ne fallait à aucun prix que sa femme découvre l'accident, ni que le frère de Mitsuko connût leur liaison. Ses collègues non plus ne devaient pas l'apprendre. Bien que très perturbé, il eut pourtant la présence d'esprit de dérober les cartes de visite de Mitsuko, d'arracher l'étiquette de la valise portant son nom, sans oublier d'emporter les mouchoirs brodés à ses initiales. Puis il s'enfuit. Il ne lui était plus possible de raisonner, sous l'emprise exclusive d'une nécessité absolue : prendre la fuite.

— Je vous en prie, pardonnez-moi. J'ai eu tort. Frappez-moi ! Aussi fort que vous le voulez.

Sa confession terminée, Kasaoka avait pris un ton implorant.

— Vous me frappez ?

Je le fixai, interdit. Sa conception de la vengeance se situait à un niveau totalement différent du mien.

— Frappez-moi, frappez-moi ! Mais en échange, ne rendez pas cette histoire publique. Si vous la divulguez, je serai ruiné. S'il vous plaît, je vous en supplie, c'est tout ce que je vous demande.

Qu'entendait-il par *ruiné* ? Qu'il aurait des problèmes si sa femme découvrait tout ? Qu'il perdrait son emploi à la banque ? Cet homme foncièrement égoïste me laissait stupéfait. Selon lui, l'affaire serait réglée simplement par les coups que je lui porterais. C'était l'attitude typique d'un homme capable, après avoir profité d'une femme, de décamper sans scrupules en laissant le corps inanimé derrière lui.

S'il n'avait pas prononcé avec hypocrisie ces paroles de mauvais goût, « Frappez-moi », jamais je n'aurais eu l'intention de le tuer.

4

Je décidai d'assassiner Kasaoka. Il n'est pas nécessaire que je m'étende sur les motifs de ma résolution mais, en un mot, je le haïssais. Bien sûr, je voulais avant tout me venger de lui parce qu'il avait abusé de Mitsuko. Cependant, mes sentiments allaient bien au-delà, comme s'ils avaient fermenté au cours du temps. Cet individu, Kasaoka, était devenu quelqu'un que je ne pouvais plus laisser vivre sur cette terre.

J'imaginai diverses manières de le tuer. Le meurtre en soi ne posait pas de problème ; il y a de nombreux moyens de commettre un crime. Mais il me fallait mettre au point une méthode à toute épreuve, digne de l'auteur d'un meurtre, afin que je ne sois pas découvert. Car, mon objectif atteint et l'homme tué, à quoi cela servirait-il si j'étais pris ? Sa revanche prendrait finalement le pas sur la mienne.

Je consultai de nombreux livres sur la question. Beaucoup de criminels font des efforts démesurés pour dissimuler leur forfait. Pourtant, ce sont souvent leurs méthodes puériles qui les perdent. Il est vrai que la plupart des cas décrits dans les livres relatent ceux de criminels qui finissent par être arrêtés. Mais à travers le monde, il doit bien y avoir de nombreux crimes restés ignorés et des meurtriers qui courent toujours.

Le crime parfait existe, j'en suis persuadé.

Si je tuais Kasaoka, je n'essaierais pas de cacher son corps. De nombreux assassins se font prendre à ce moment précis. C'est de la pure folie. Une seule chose importe : personne ne doit savoir qui a commis le crime.

Je lus quelques romans policiers, mais ils ne me furent pas d'une grande utilité. Tous mettaient en scène des intrigues compliquées.

Pourtant, il s'agissait en général de bonnes fictions, bien que certaines fussent vraiment peu crédibles. A moins d'être magicien, on ne pouvait y adhérer tant elles semblaient alambiquées et parfaitement irréalistes.

En revanche, les alibis se révélaient utiles et même indispensables. Seul un alibi en « béton » éviterait que je sois pris. Mais je savais aussi comment il fallait avoir recours à de nombreux artifices pour faire diversion. La justification d'une longue absence, d'une à deux heures, ou brève, de vingt à trente minutes, nécessite d'agir comme le magicien ci-dessus : manipuler le temps ; changer rapidement de costume avec l'agilité d'un comédien ; utiliser des bruitages, tel par exemple celui d'un phonographe. Bien que ce soit passionnant, dans la pratique, c'est irréalisable. Un temps si court serait une erreur. Ma décision était prise, je devais choisir un alibi couvrant une période plus longue.

Ensuite, je songeais à me tenir nettement à l'écart des soupçons. Quelle que soit mon habileté dans l'action, compter parmi les suspects élèverait le taux du risque encouru. Je craignais que les techniques modernes et sophistiquées d'interrogatoire et d'enquête ne me conduisent finalement à un échec. Il était impératif que je reste dans une zone de sécurité où les soupçons ne pourraient se porter sur moi.

Lorsque quelqu'un est tué, la police passe au peigne fin son carnet d'adresses, à la recherche de suspects. Sa famille, ses amis, ses connaissances, ses fréquentations d'ordre privé ou professionnel, tout tombe dans leur champ d'investigations. Une fois le mobile découvert, les faits et gestes du suspect sont examinés à la loupe, avec une minutie qui dépasse même sa propre mémoire. Finalement, on est arrêté.

Je décidai de me mettre en dehors du *champ*. En un mot, il me fallait rompre tout lien avec Kasaoka. Si je le tuais maintenant, j'étais, en tant que collègue, une personne de son entourage. Attention !

Ayant mûrement réfléchi, je mis au point le plan suivant : pour me détacher de lui, je quitte la banque. Comme seul mon travail me lie à Kasaoka, en démissionnant, je sors totalement de sa vie. Mais partir de la banque ne suffit pas. Je dois m'en aller de Tokyo. Car plus je m'éloigne de lui, moins j'ai de chances d'être suspecté. D'où la nécessité également de choisir un emploi sans relation aucune avec la banque.

Tout cela allait demander énormément de temps. Le danger subsisterait tant que les gens se souviendraient de moi. Avant que mon nom – Tadao Kuroi – ne s'efface complètement de la mémoire de chacun, il se passerait des mois et des années. Il était absolument nécessaire que je me volatilise, de telle sorte qu'après le meurtre de Kasaoka personne ne puisse se souvenir de mon existence. C'était le prix à payer pour me situer complètement en dehors du champ d'investigations.

Je fixai d'abord cette période à trois ans, mais c'était vraiment trop risqué. Même avec cinq années, je ne me sentais pas rassuré. Finalement, j'optai pour sept ans. J'aurais alors totalement disparu du cercle de Kasaoka. Comme l'élaboration d'un alibi d'une ou deux heures paraissait contraignante ! Et c'est pourquoi elle pouvait conduire tout droit à la catastrophe. Un blanc de sept années semblait très long et extrêmement fastidieux à supporter, mais attendre si longtemps n'était rien, comparé à l'échec qui signerait probablement mon arrêt de mort. Ce serait pour ainsi dire une grande parenthèse dans ma vie. Et quand une parenthèse atteint de telles dimensions, un crime devient inconcevable dans l'esprit des gens.

Il existait une autre condition essentielle. Le mobile devait rester secret. C'était capital. Heureusement, personne n'établissait de lien entre Kasaoka et la mort de Mitsuko. Je n'avais souffflé mot de leur liaison à quiconque. Kasaoka et moi-même étions les seuls à savoir.

Kasaoka m'avait supplié de ne pas la rendre publique. Je m'étais fait un devoir d'abonder dans son sens. Si cela restait entre nous, qui irait deviner mon mobile ?

Une fois achevés tous les préparatifs, je fis à Kasaoka une déclaration solennelle.

— Notre brouille n'a plus de sens. Ma sœur vous aimait, j'ai donc décidé de me résigner. Mais par égard pour elle, je voudrais que vous gardiez à jamais le secret.

Les yeux de Kasaoka brillaient, il pleurait presque de joie.

— Vraiment ? Merci, merci. Je mériterais que vous me frappiez. Merci de m'avoir pardonné. Bien sûr, j'emporterai le secret dans la tombe.

Comme je le savais capable de jouer les hypocrites, ma haine envers lui décupla. Et patienter sept années me paraissait facile.

Euphorique, Kasaoka devint amical avec moi. Je m'efforçais d'adopter la même attitude. Jusqu'à mon départ, je ne devais pas donner l'impression que nous étions en mauvais termes.

Un mois plus tard, je trouvai une excuse pour démissionner de la banque.

5

Grâce à une relation d'affaires, je fus engagé dans une cimenterie à Ube, petite ville côtière située à l'extrémité du Honshu, dans la préfecture de Yamaguchi. Comme mon travail n'avait rien à voir avec le milieu bancaire, c'était l'idéal.

A mon banquet d'adieux, le plus bruyant, celui qui se fit le plus remarquer, ce fut Kasaoka. Il me serra la main à différentes reprises, me dit comme il regrettait mon départ. Il avait toujours eu un penchant pour l'alcool et il entraîna tout le monde à boire à ma nouvelle carrière. Il semblait absolument ravi et porta ce toast avec ostentation. Malgré tout, ma présence le rendait mal à l'aise. Je le devinais en l'observant.

Il m'accompagna à la gare de Tokyo avec mes autres collègues. Il criait « *Banzai !* » en agitant la main encore et encore. A qui donc étaient destinés ces « *Banzai !* » ? Jamais personne n'aurait pu imaginer l'état de nos relations. Je disais au revoir à Tokyo pour un bon bout de temps, alors que s'éloignaient de moi les lumières de Shinagawa. De mon plein gré, je me coupais du monde.

Mais je ne quittai pas Tokyo sans avoir pris mes précautions et les mesures adéquates. A la banque, dans mon service, travaillait un jeune homme appelé Shigemura qui avait commencé comme coursier. Depuis son arrivée, je lui avais témoigné de la sympathie. Il me faisait confiance et je le savais reconnaissant.

— Shigemura, même si je quitte la banque, j'éprouve de la nostalgie pour cet endroit où je suis resté longtemps. Je voudrais que tu me donnes sans faute des nouvelles de chacun. En cas de mouvement du personnel, je te remercie de me l'écrire.

Shigemura accepta. Il tint même parole pendant de longues années. Au moindre changement, il m'envoyait le bulletin d'information de la société.

Je craignais que Kasaoka ne fût affecté à un autre poste. A quoi ma retraite aurait-elle servi si, après ces sept années, il disparaissait ? Même de loin, il était nécessaire que je le surveille en permanence, et grâce aux rapports de Shigemura, je pouvais suivre son évolution tout en restant chez moi. Pour que Shigemura continue de me rendre ce service durant toutes ces années, je devais fréquemment lui envoyer des cadeaux comme marque de ma gratitude.

Ainsi, je me suis terré en province pendant un an, deux ans, dans l'anonymat le plus complet. Souvent, j'étais pris d'une folle envie de rentrer à Tokyo, mais à chaque fois, je me dominais, m'armant de patience. Bien que je me fusse habitué à vivre en province, ma volonté restait inchangée. De temps en temps, des gens me conseillaient de me marier, mais je refusais de les écouter, craignant qu'un changement dans mon existence n'affaiblisse ma résolution.

Trois ans passèrent, puis quatre... Kasaoka devint directeur adjoint de l'agence bancaire de Kichijoji et fut muté à Meguro. Comme toujours, les rapports de Shigemura m'arrivaient régulièrement. La cinquième année, il fut nommé directeur adjoint de l'agence de Shibuya.

Restaient deux ans. Avec patience, j'attendais. Ma détermination n'avait pas varié d'un iota. Quelqu'un de l'extérieur m'aurait trouvé paranoïaque, moi qui, à l'insu de tous, me consumais de haine pour ce Kasaoka. Mon but initial, celui de venger ma sœur, semblait maintenant relégué à un rang secondaire.

Certains changements intervinrent également dans ma situation. Je fus promu chef de service dans mon entreprise. De plus, j'avais rencontré une femme dont j'étais amoureux, mais je ne lui proposai pas le mariage. Ube était une « ville du ciment », aux toits couverts d'une cendre blanche qui retombait des usines. Au-delà des maisons qui semblaient enveloppées d'une mince pellicule de neige s'étendait paisiblement une mer d'azur. Par beau temps, on apercevait les montagnes du Kyushu. Mais même ce paysage tranquille ne parvenait pas à entamer ma détermination.

La sixième année, Kasaoka fut promu directeur d'agence à Omori. Il restait un an. Finalement, six ans, comme cela paraissait long !

Je ne faisais plus du tout partie de l'entourage de Kasaoka. Si vaste que fût sa sphère de vie, en aucun cas, le nom de Tadao Kuroi ne referait surface. J'avais rompu tout lien avec lui, éloigné comme je l'étais dans le temps et dans l'espace. Quel que soit l'accident qui pourrait arriver à Kasaoka, il n'y aurait personne pour se souvenir de mon existence. Je m'étais évaporé dans la nature sans laisser de traces.

Vers la fin de la sixième année, Kasaoka fut nommé directeur d'agence à Nakano. Et la chance fit que Shigemura devint caissier là-bas.

La lettre de Shigemura contenait les informations suivantes : « M. Kasaoka, à présent directeur d'agence, boit beaucoup, encore plus qu'avant. Presque toutes les nuits, il fait la tournée des bars derrière l'immeuble Nikko à Shinjuku. »

Pour moi, c'était un renseignement précieux et inestimable sur les mouvements de l'ennemi.

Enfin arriva la septième année. Le temps s'était écoulé très lentement, et ces mois interminables m'avaient paru bien lourds à porter. Je les avais davantage perçus physiquement qu'intellectuellement. Mais je me félicitais de constater que ma détermination n'avait absolument pas faibli au cours de cette longue période.

Vers avril, je sollicitai deux semaines de congé auprès de mon entreprise. Deux semaines ne me semblaient pas nécessaires, mais je calculais le temps qu'il me faudrait pour repérer Kasaoka. Une fois que nous nous serions rencontrés, tout serait réglé en une heure. Et dès mon geste accompli, je comptais quitter Tokyo immédiatement. Ce plan, je l'avais fignolé il y a sept ans, en quittant mon poste à la banque de Tokyo.

Depuis longtemps déjà, j'étais en possession du cyanure. Je me l'étais procuré sans difficulté grâce à un collègue de l'usine. On ne pouvait trouver meilleure qualité. La partie serait rapide et efficace.

Je l'enfouis dans ma poche et me dirigeai fébrilement vers Tokyo. En descendant du train à la gare, je fus sidéré par les changements qui s'étaient produits dans la capitale en sept ans, avec ces nombreuses tours surgies du sol. J'avais oublié à quel point cette ville était grandiose. Mon interminable absence me rendit nostalgique, mais en même temps, je me sentais complètement déphasé. Ces sept années de vie provinciale m'avaient usé, comme le disait mon visage vieilli qui se reflétait dans les vitrines des magasins. J'avais gâché la deuxième partie de ma jeunesse, sans toutefois éprouver le moindre regret de m'être engagé dans cette voie de renoncement, puisqu'elle me conduisait à une cible, un homme nommé Kasaoka.

Je retins tous les horaires de trains en partance de la gare de Tokyo. A peine arrivé, je devais déjà organiser ma fuite.

Le soir, je pris une chambre dans une petite auberge à Kanda, un endroit discret proche de Shinjuku comme de la gare de Tokyo.

6

Ce soir-là, je flânai entre 22 heures et minuit, dans le quartier du Kabuki-cho derrière la tour Nikko à Shinjuku, au moment où j'avais le plus de chances de tomber sur Kasaoka traînant de bar en bar. En fait, il y avait beaucoup de gens comme lui qui déambulaient. Mais moi, simple quidam perdu dans la foule, je passais inaperçu. Personne ne me connaissait. Je n'étais qu'un voyageur, et qui aurait pu dire d'où je venais ? Tadao Kuroi, courtier à la banque T. de Tokyo, n'existait plus.

Ce soir-là, je ne rencontrai pas Kasaoka. En fait, c'eût été une aubaine inespérée de le trouver dès le premier soir. Toute la journée du lendemain, je ne mis pratiquement pas le pied dehors. On n'est jamais trop prudent. Je redoublais de vigilance afin de parer à l'éventualité de croiser quelqu'un.

Mais c'était pour ainsi dire faire preuve de précautions inutiles. Car, même si je tombais sur une ancienne relation, qui aurait fait le rapprochement entre le meurtre de Kasaoka et moi-même ? Les fils nous reliant l'un à l'autre avaient été tranchés net par une distance de mille cinquante kilomètres et une séparation de sept années. Plus jamais je n'étais apparu dans l'entourage de Kasaoka. Je faisais seulement extrêmement attention en ne sortant pas dans la journée.

Le soir suivant, je rôdai à nouveau autour de Shinjuku, mais rentrai bredouille. Je ressentis alors une légère inquiétude. Peut-être était-il malade ou en voyage d'affaires ? Dans ce cas, il serait préférable que je rentre chez moi après une semaine. Je pourrais toujours revenir une autre fois. Nullement découragé, je considérais que ce délai n'était rien, comparé à la tension de sept années d'attente.

Mais en sortant le soir suivant, je sus que je m'étais inquiété inutilement. A 22 h 27 précises surgit la silhouette de Kasaoka quittant un bar, derrière la tour Nikko.

En le voyant, je ne fus pas vraiment bouleversé. Le choc devait être si grand que, au contraire, j'étais en proie à un calme impressionnant. Je tapai sur l'épaule de Kasaoka qui titubait un peu, comme sur quelqu'un que j'aurais vu la veille. Sa calvitie s'était encore étendue à l'arrière du crâne.

— Monsieur Kasaoka, il y a si longtemps ! ai-je dit tranquillement.

Mais tout à coup, je fus submergé par l'émotion. Kasaoka semblait avoir du mal à se souvenir de moi. Il paraissait éprouver des difficultés à retrouver auquel de ses clients appartenait ce visage souriant qui se tenait devant lui. Mais son hésitation ne dura pas très longtemps, et la surprise se lut sur sa figure. Puis, avec des gestes désordonnés et brusques, typiques d'un homme saoul, il ouvrit grand les deux bras et s'abattit brutalement sur mon épaule.

— Oh ! Kuroi, c'est ça ?

Ses yeux écarquillés montraient que son étonnement ne s'était pas encore évanoui.

— Oh ! répéta-t-il.

Il devait hésiter sur ce qu'il convenait de dire ensuite.

— Cela fait longtemps. Je suis content, vous avez l'air d'aller bien.

Je me contrôlai et, gardant mon sourire, tentai de le calmer. Nous nous tenions au beau milieu de la rue. Les piétons nous évitaient en passant en file de chaque côté de nous, sans que quiconque ne nous prêtât particulièrement attention.

— Vous êtes là depuis quand ? me demanda finalement Kasaoka.

Certainement envahi de sentiments complexes, il devait se maîtriser également.

— Je viens d'arriver, ai-je répondu. Je ne suis pas venu depuis un bon bout de temps. Tokyo s'est incroyablement développé.

Il avait à nouveau repris une expression d'homme ivre.

— Tokyo court à sa perte – trop de voitures, trop de gens.

En sept ans, sa carrure était devenue plus imposante, et sa manière de parler affichait un air d'importance seyant à un directeur d'agence.

— Oh, c'est vrai ! Excusez-moi. Je m'y prends un peu tard, mais j'ai appris que vous aviez été nommé directeur. Tous mes compliments.

Je lui avais dit cela sans réfléchir, par pure politesse. Kasaoka me regarda.

— Mais qui vous en a parlé ?

Je sursautai.

— Oh ! Je l'ai entendu par hasard. C'est fantastique ! m'empressai-je d'ajouter.

Se sentant félicité, Kasaoka n'insista pas. Il devint même de très bonne humeur.

— Ça fait si longtemps ! On va boire un verre quelque part ? me proposa-t-il.

Je l'avais échappé belle et je devais faire attention à ne pas dire n'importe quoi. Il était impératif que je me surveille et que je reste sur mes gardes.

J'avais prévu que Kasaoka m'inviterait à boire. C'était exactement l'occasion que je guettais. Tout suivait son cours normal.

— Ça fait combien d'années ? me demanda gaiement Kasaoka tandis que nous marchions.

Il semblait avoir perdu la notion du temps écoulé.

— Sept ans.

— Sept ans ? Comme le temps passe !

Les mots qu'il venait de prononcer ravivèrent ma haine. Il ne pouvait deviner le poids et la substance de ces années. A cause de cet homme, j'avais quitté la banque et m'étais exilé dans une lointaine province. La moitié de ma vie avait été anéantie. A présent, en regardant à la dérobée ses larges épaules, je compris qu'était venue l'heure de le lui faire payer.

— Oh ! Monsieur Kasaoka, lui dis-je, l'air de rien. Quand nous serons au bar, ne nous comportons pas comme deux personnes qui ne se sont pas vues depuis sept ans. Ne parlons pas de cette époque dont le souvenir m'est encore douloureux.

Il sembla, d'après sa réponse, qu'il acceptait.

— C'est d'accord. Allons boire ensemble comme si nous en avions l'habitude.

7

Le premier bar où nous sommes entrés était vaste et plein de monde. Les conditions étaient favorables. Plus il y avait de clients, mieux c'était.

Kasaoka devait être un habitué, car les serveuses passaient près de lui avec des regards souriants.

— Votre travail vous intéresse ? me demanda-t-il.

— Pas spécialement, mais en province on prend le temps de vivre.

— C'est ça qui compte. Vivre sur les nerfs tous les jours comme je le fais, c'est absolument atroce, dit-il avec rancœur.

Puis il me versa de la bière, me poussant à boire. Il était ivre et je feignais de l'être moi aussi.

C'était en vérité miraculeux que l'homme, dont j'avais suivi la piste comme un malade depuis le fin fond du Honshu, se tienne devant moi, en chair et en os. Tellement incroyable que je n'arrivais pas à y croire. Par moments, je ne pouvais m'empêcher de penser que Kasaoka était irréel.

Il se mit soudain à chanter à voix basse, si lentement que je ne compris pas tout de suite. Quand il éleva la voix, je le dévisageai malgré moi. Il s'agissait de *Riru revient de Shanghai.*

Ainsi, lui aussi avait dû l'entendre répéter par Mitsuko. Ou bien peut-être lui avait-elle appris la chanson. De voir le frère de son ancienne maîtresse lui avait certainement rappelé cet air. Le visage cramoisi, il continuait de chanter *Riru* sur un ton traînant, haletant. Il me faisait presque pitié, sans doute parce que j'avais un peu trop bu. Alors, moi aussi, je me mis à chanter en suivant son rythme.

Riru, Riru, où es-tu, Riru ? Quelqu'un connaît-il Riru ? En chantant, j'avais l'impression d'entendre la voix de Mitsuko et la mienne la semonçant pour le bruit qu'elle faisait. Les larmes coulaient sur mes joues.

— C'est beau, hein ? dit Kasaoka en penchant la tête d'un air entendu. C'était un air populaire à l'époque. Ça revient, non ?

Une jeune serveuse, qui passait près de nous à ce moment-là, jeta un regard à Kasaoka, puis le dirigea vers moi. Cela ne dura qu'une seconde, mais j'étais sûr qu'elle avait entendu Kasaoka. Et en effet, elle commença à chantonner *Riru, Riru* en marchant. Je me sentis mal. Ce fut un moment obscur, comme lorsque l'on traverse un tunnel.

Je devais rapidement mettre mon plan à exécution. Kasaoka était affalé sur la table, les yeux fermés, sur le point de s'endormir. Devant lui était posé son verre de bière à moitié plein. Autour de nous, il y avait foule, et personne ne regardait dans notre direction.

Je sortis de ma poche un sachet en papier contenant une dose de médicament et l'ouvris. Le petit tas de poudre blanche ressemblait à de l'aspirine écrasée. Je pliai le papier en deux du bout de mes doigts, pris le verre que je dissimulai sous la table et inclinai le papier. La fine poudre blanche est tombée gentiment et s'est dissoute dans le liquide jaune. Mon cœur s'était arrêté de battre. Je remis le verre sur la table et le remplis à ras bord. Le mélange blanc disparut dans la bière mousseuse.

— Monsieur Kasaoka, lui dis-je d'une voix forte en lui tapant sur l'épaule.

Il leva la tête et entrouvrit ses yeux injectés d'alcool.

— Allez, portons un toast !

Joignant le geste à la parole, je verse alors de la bière dans mon verre et le lève. Il fait une sorte de grognement et met la main sur le sien devant lui. Il le porte à ses lèvres, esquisse une grimace... Je retiens ma respiration. Ouf ! Je respire. Je me suis inquiété pour rien. Il engloutit tout le contenu. Puis il laisse retomber la tête sur la table, comme s'il avait accompli son devoir. Dans à peine une minute, il commencera à souffrir atrocement.

J'ai ensuite enfilé mes chaussures et suis sorti furtivement dehors. Une fois à l'extérieur, je suis parti à grandes enjambées. Dans quatre ou cinq minutes, il aurait rendu l'âme. J'avais commis cet acte criminel comme si ce n'était rien du tout, avec trop de facilité.

Les gens riaient et discutaient en marchant comme avant, indifférents et insouciants. J'étais redevenu un visiteur anonyme à Tokyo.

A ma montre, il était 23 h 03. Je me suis rappelé qu'il y avait un train pour Osaka à 23 h 35. N'ayant besoin que de dix minutes pour retourner à l'auberge et prendre mes affaires, j'ai attrapé un taxi, ouvert la portière et me suis engouffré à l'intérieur en lançant : « A Kanda. »

La voiture a pris de la vitesse et s'est éloignée du *lieu du crime*. A présent, Kasaoka avait dû quitter le monde des vivants. Les sept années de tension semblaient trop légères. Je ne ressentais aucun sentiment de plénitude. En prenant l'air par la fenêtre, je pensais distraitement qu'un certain temps serait nécessaire avant que l'événement ne devienne à mes yeux une réalité.

Cher M. ...

Je sens qu'approche le moment où je devrais inscrire un nom à la place du blanc. Mais je suis encore incapable de prendre une décision. Il faut que j'écrive un peu plus.

Dans le train de nuit du retour, je me suis demandé si, par hasard, je n'avais pas commis des erreurs. J'ai tout vérifié point par point, sans toutefois réussir à déceler la moindre faute. Plutôt content de moi, j'avais pourtant l'impression que quelque part se cachait une minuscule faille qui venait obstinément gâcher ma satisfaction et me mettait mal à l'aise.

Sur ma gauche s'étalait la mer toute noire où ne brillait aucune lumière au large. Je contemplais ce noir panorama quand, soudain, j'ai trouvé où se dissimulait la faille : les yeux de la serveuse du bar alors que nous buvions notre bière ! Le sombre pressentiment que j'avais auparavant ressenti s'insinua de nouveau en moi. Mon Dieu, que se passait-il ? Je devenais beaucoup trop nerveux. Et, essayant de me raisonner, je me répétais : « Ne t'inquiète pas, calme-toi... calme-toi... »

J'étais dans une zone de sécurité absolue, ne faisant plus du tout partie de l'entourage de Kasaoka. Quelles que soient les recherches entreprises par la police sur ses fréquentations, je n'apparaîtrais pas dans le champ de ses investigations. Comment pouvaient-ils dénicher un homme qui avait démissionné de son poste il y a sept ans ? Les employés appelés à témoigner ne se souviendraient même pas de la première lettre de mon nom. Comme il ne s'agissait pas d'un crime crapuleux, la police ferait surtout des recherches sur ses ennemis éventuels et ses maîtresses. Personne ne savait. J'avais disparu de la mémoire de tous. Mon visage avait été vu au bar, c'était un fait, mais je n'avais pas à m'en faire, il était bondé. Qui aurait prêté attention à un nouveau client ? Et même si quelqu'un se souvenait avec précision de mes traits, je n'étais qu'un simple voyageur de passage à Tokyo. Il n'y avait aucun risque pour que les policiers puissent deviner, à partir d'une description, qu'il s'agissait de moi. Je n'existais plus dans la mémoire des gens.

Acquérir cette impression d'immunité m'avait pris beaucoup de temps et demandé une minutieuse mise au point de mon plan. Un sacrifice qui avait impliqué souffrance et persévérance.

Arriva une lettre de Shigemura m'informant que le directeur de banque Kasaoka avait été empoisonné avec du cyanure et que l'on recherchait le mobile du meurtre. Je me considérais à l'abri.

Cependant j'ai découvert aujourd'hui, donc trois semaines plus tard, qu'un inspecteur de la préfecture de police s'était présenté au service du personnel pour enquêter à mon sujet. Il avait posé des questions insidieuses concernant mon congé d'une semaine. Quand un ami du service me l'a appris, instantanément, j'ai buté sur les yeux de la serveuse du bar. Mon affreux pressentiment prenait forme et devenait réalité. En un clin d'œil, j'ai tout compris.

Kasaoka et moi-même avions alors chanté *Riru revient de Shanghai.* Emu, il avait dit : « Cette chanson était justement à la mode à l'époque. Ça revient, non ? » La serveuse l'avait entendu. Elle s'était ensuite tournée vers moi pour me regarder, et n'avais-je pas chanté moi aussi *Riru* ? Probablement en avait-elle fait part à l'inspecteur de police. Kasaoka était un habitué du bar et les serveuses avaient tendance, je ne sais pourquoi, à remarquer les compagnons qu'amenaient les clients réguliers.

Les inspecteurs avaient certainement deviné qu'il existait des rapports d'amitié entre le meurtrier et sa victime lorsque *Riru* était à la mode, c'est-à-dire en 1950. L'étau se resserrait. Quand ils en seraient là de leur raisonnement, le reste suivrait très vite. Ce serait facile de confronter et de faire coïncider la description du compagnon de Kasaoka donnée par la serveuse avec celle de l'un des employés de la Banque T. en 1950.

Mes calculs méticuleux et l'accumulation de sept années de persévérance s'étaient bêtement effondrés. Je me mis à rire tout seul, haut et fort. Le *Riru* de Mitsuko avait causé ma perte. Quelle chanson agaçante, en fin de compte !

Je suis trop fatigué pour continuer d'écrire. Mais je veux dire que, même vaincu, je n'éprouve aucun regret. L'inspecteur ne va pas tarder à venir frapper à ma porte. Sans nul doute aura-t-il dans sa poche un mandat d'arrêt contre moi.

Je ne peux toujours pas me décider, malgré ces quelques minutes de sursis, et j'hésite encore à adresser ces lignes au directeur du bureau des affaires criminelles, à un avocat ou bien à en faire un testament destiné à personne.

Le Roman-feuilleton

1

Yoshiko Shioda adressa son bulletin d'abonnement au journal *Koshin*, dont les bureaux se trouvaient à K., ville située à environ deux heures et demie de Tokyo par le train express. Ce quotidien local, sans doute très influent dans sa région, n'était bien sûr pas distribué dans les kiosques de la capitale. Pour se le procurer, un lecteur résidant à Tokyo n'avait d'autre choix que de s'y abonner.

Le 21 février, Yoshiko envoya son règlement par courrier recommandé et joignit au mandat la lettre suivante.

« Je souhaite recevoir votre journal et vous fais parvenir la somme correspondante. Vous publiez un roman-feuilleton intitulé *La Romance du brigand* qui me semble passionnant. Je voudrais le lire. Merci de m'envoyer vos parutions à partir du 19 de ce mois. »

La première fois qu'elle en avait vu un exemplaire, c'était dans un restaurant désert et lugubre, en face de la gare de K. Comme elle attendait sa commande de nouilles chinoises, la serveuse avait déposé sur la table en bois grossièrement taillé un numéro du *Koshin*, typique quotidien de province avec son papier de mauvaise qualité et l'impression peu raffinée de ses caractères. La page 3 était consacrée aux faits divers locaux : un incendie a ravagé cinq maisons ; un fonctionnaire de la mairie a détourné 60 000 yen de fonds publics ; fin de la construction de l'annexe de l'école primaire ; la mère d'un conseiller de la préfecture est décédée... ce genre d'articles.

Au bas de la deuxième page, Yoshiko avait découvert un roman-feuilleton historique dont l'illustration représentait deux samouraïs immobilisés dans leur lutte. L'auteur, un certain Ryuji Sugimoto, lui était totalement inconnu.

Elle n'avait parcouru que la moitié de l'histoire quand elle fut interrompue dans sa lecture par l'arrivée de son plat. Prenant bien soin de noter dans son carnet le nom et l'adresse du journal, elle retint aussi le titre : *La Romance du brigand.* C'était le chapitre 54. La date : le 18 février.

Il restait encore sept minutes avant 15 heures. Elle sortit du restaurant et se promena dans les environs.

La ville était nichée dans une vallée, et le soleil d'hiver exceptionnellement chaud embrasait le ciel bleu limpide. Au sud s'élevait une chaîne de montagnes en pente douce. Derrière apparaissait le sommet immaculé du mont Fuji qui semblait s'estomper étrangement sous l'intensité de la lumière.

Juste en face, on voyait le mont Kaikomagadake recouvert de neige. Les rayons du soleil frappaient l'un des versants, de sorte que les plis de la montagne créaient graduellement des zones d'ombre et de lumière. A sa droite immédiate s'alignaient une multitude de petites montagnes où prédominait la couleur brune des feuilles mortes. Le regard de Yoshiko ne pouvait pénétrer l'intérieur des vallées. Mais quelque chose allait se produire là-bas. Ces montagnes revêtaient pour elle une signification particulière.

Elle retourna à la gare. Sur la grand-place, une foule immense s'était rassemblée. Au-dessus des têtes aux cheveux noirs flottaient des banderoles blanches et ces mots : « Bienvenue, Monsieur le Ministre. » Originaire de la région, celui-ci comptait parmi les membres du nouveau gouvernement formé un mois plus tôt.

La rumeur se répandit comme une traînée de poudre parmi la foule compacte qui se mit à tanguer sous la pression. Les gens scandaient « *Banzai, Banzai* ». Les applaudissements vigoureux crépitaient. Les passants arrivaient de toutes parts en courant pour se mêler à l'attroupement qui grossissait encore et encore.

Lorsque l'homme politique monta sur la tribune pour entamer son discours, le silence se fit. Il s'adressa à ses compatriotes, son crâne chauve exposé aux chauds rayons du soleil. Sur sa poitrine était épinglée une large rosette blanche. Des tonnerres d'applaudissements éclataient par saccades.

La jeune femme regardait. A côté d'elle, un homme assistait également à la scène. Lui non plus n'écoutait pas le discours. Il semblait rester là contre sa volonté, puisque la route était barrée.

Yoshiko observa son profil à la dérobée. Le front large, l'œil perçant, le nez droit. Autrefois, elle aurait pensé : le front intelligent, le regard honnête, le nez attirant. Sa mémoire était vide désormais, mais il exerçait toujours sur elle la même fascination.

A la fin de son discours, le ministre descendit de l'estrade. La foule commença à se disperser, les espaces entre les gens à s'élargir. Yoshiko reprit sa marche. Comme l'homme qui se tenait près d'elle – et aussi une autre personne...

Finalement, juste avant l'heure de fermeture, à 15 heures, elle réussit à envoyer du bureau de poste proche de son appartement le règlement de son abonnement au *Koshin*. Elle mit le récépissé dans le fond de son sac à main et prit le train à Chitose Karasuyama pour se rendre à son lieu de travail, un bar de Shibuya, à cinquante minutes de là.

Un néon éclairait l'enseigne du bar Rubicon. Yoshiko entra par la porte de derrière, salua le gérant, les autres hôtesses, les serveurs, puis se précipita au vestiaire pour se maquiller.

L'agitation s'amplifiait car le bar s'apprêtait à ouvrir. Quand la corpulente patronne arriva, juste de retour du salon de coiffure, chacun la complimenta sur sa nouvelle mise en plis.

— Aujourd'hui, nous sommes le 21, dit-elle, un samedi. Vous allez avoir beaucoup de travail.

Ensuite, le gérant, conscient de la présence de sa patronne, donna quelques instructions aux hôtesses. Devant tout le monde, il fit rougir A. de confusion en lui déclarant qu'elle devrait porter une robe neuve.

Yoshiko écoutait distraitement et songea qu'il était bientôt temps pour elle de quitter cet établissement.

Dans son esprit, la vision d'un bateau qui fendait les vagues s'imposa soudain à elle. Dernièrement, cette image persistait jour et nuit. En posant la main sur sa poitrine, elle pouvait sentir battre douloureusement les palpitations de son cœur.

2

Quatre ou cinq jours plus tard, Yoshiko reçut le *Koshin*. Le service commercial lui avait envoyé trois numéros en une seule fois, accompagnés d'une carte postale qui la remerciait de s'être abonnée.

C'était, comme elle l'avait demandé, les journaux parus depuis le 19. Yoshiko en prit un et l'ouvrit à la page « Société » : des voleurs ont cambriolé une maison ; un glissement de terrain a provoqué la mort d'une personne ; découverte de fraudes au sein du syndicat des agriculteurs ; ouverture de la campagne pour les élections du conseil municipal – des articles qui représentaient peu d'intérêt. Il y avait aussi une grande photo du ministre X. devant la gare de K.

Yoshiko ouvrit le numéro daté du 20. Il ne contenait rien de spécial. Puis celui du 21. Là non plus, il ne renfermait rien de bien extraordinaire. Déçue, elle relégua les journaux dans un coin des toilettes. Ils pourraient toujours lui servir pour l'emballage.

Ensuite, le périodique arriva quotidiennement par la poste. Comme elle était une lectrice régulière, son nom et son adresse avaient été mémographiés sur la bande brune du papier d'expédition.

Chaque matin, Yoshiko descendait le chercher dans sa boîte aux lettres. Assez tard, car le soir elle rentrait après minuit. Confortablement installée sur son lit, elle coupait la bande qui enveloppait le journal plié et l'étalait sur sa couette. Elle le lisait lentement, sérieusement, de la première à la dernière ligne. Mais aucun élément nouveau n'attirait jamais son attention. N'éprouvant plus que de l'aversion pour ces feuilles imprimées, de rage, elle les rejetait dans un coin.

Jour après jour, Yoshiko répétait les mêmes gestes. A chaque fois, elle éprouvait la même déconvenue. Jusqu'au moment de sectionner la bande de papier cependant, elle gardait toujours un espoir. Cet espoir qui ne la quitta pas pendant plus d'une dizaine de jours. Mais comme d'habitude, aucun changement ne mettait fin à sa déception quotidienne.

Le quinzième jour pourtant – le journal était distribué pour la quinzième fois –, sa patience fut récompensée.

Une carte postale inattendue vint troubler sa lecture routinière. D'un certain Ryuji Sugimoto.

Le nom lui disait quelque chose. A cet instant précis, elle ne savait plus très bien en quelle occasion, mais elle était persuadée de l'avoir déjà rencontré quelque part.

Yoshiko retourna la carte. « Quelle écriture épouvantable ! » pensa-t-elle. Mais dès qu'elle la lut, elle comprit pourquoi ce nom lui semblait familier.

« Chère madame, je tiens à vous exprimer ma gratitude pour l'intérêt que vous avez bien voulu porter à mon roman-feuilleton qui paraît dans le *Koshin*, *La Romance du brigand.* J'espère que vous l'apprécierez encore longtemps... »

« C'est vrai ! se dit-elle, c'est l'auteur du feuilleton dans le journal. » Un employé du *Koshin* lui aura fait suivre la lettre où elle expliquait prendre un abonnement par intérêt pour son histoire. Ryuji Sugimoto a sans doute été très impressionné, d'où sa décision d'adresser un mot de remerciements à son admiratrice.

Sans parler d'un bouleversement, c'était déjà là une petite évolution, différente, certes, de ce qu'elle attendait. Un extra en quelque sorte, une petite carte postale assez insignifiante. En tout état de cause, elle n'avait aucune intention de lire le roman qui, de toute évidence, devait être aussi mal rédigé que la carte.

Le journal continuait d'arriver régulièrement. Quoi de plus normal, puisqu'elle avait payé pour ce service ? Mais il ne se passait pas un matin où Yoshiko n'entreprît sa lecture sur son lit, expérimentant malheureusement à chaque fois la même attente déçue. Elle ignorait combien de temps encore durerait cette tension.

L'événement eut lieu un matin, presque un mois jour pour jour après l'envoi de son bulletin d'abonnement au journal.

Comme toujours, en page 3, des articles affligeants et mal imprimés énuméraient les faits divers locaux : le chef du syndicat des agriculteurs a pris la fuite ; un car s'est renversé dans un fossé, faisant de nombreux blessés ; un incendie de montagne a ravagé un hectare ; suicide d'un homme et d'une femme dans la gorge Rinun...

Yoshiko lut l'article sur le double suicide : « Un inspecteur des Eaux et Forêts a découvert deux cadavres, ceux d'un homme et d'une femme, dans les bois de la gorge Rinun. Comme le décès remonte à un mois environ, les corps gisaient à moitié décomposés, presque à l'état de squelettes. Ils n'ont pas encore été identifiés. Cet incident n'a pourtant rien d'exceptionnel. L'endroit est connu des amoureux désespérés qui choisissent de mourir dans ce ravin féerique, où l'eau étincelante des torrents coule au milieu des rochers curieusement découpés. »

Yoshiko replia le journal, posa la tête sur son oreiller et remonta sa couette jusqu'au menton. Elle porta le regard vers le plafond terne du vieil appartement dont les planches commençaient à pourrir et le fixa, l'air absent.

Dès le lendemain, l'identité du couple fut connue. Le journal – c'était son rôle – en informa ses lecteurs. L'homme, âgé de trente-cinq ans, travaillait comme agent de sécurité dans un grand magasin de Tokyo ; la femme, employée dans le même magasin, avait vingt-deux ans. Lui était marié et père de famille. Ce genre d'affaire arrivait tout le temps.

Yoshiko releva les yeux. Elle ne ressentait rien, comme si son esprit enfin libéré avait trouvé la paix. Le journal ne l'intéressait plus. A nouveau, elle vit nettement se projeter devant elle la forme d'un bateau qui voguait sur l'océan.

Deux ou trois jours plus tard lui parvint une carte du service commercial du *Koshin* :

« Votre abonnement arrive à échéance. Nous espérons que vous voudrez bien nous renouveler votre confiance. »

« Quelle efficacité, se dit Yoshiko, ils ne perdent pas de temps ! » Elle leur écrivit la réponse suivante :

« Je suis désolée, mais je ne désire pas prolonger mon abonnement parce que votre roman-feuilleton est devenu ennuyeux. »

En partant travailler, elle posta la carte. A peine l'avait-elle glissée dans la boîte aux lettres qu'elle eut soudain l'intuition que l'auteur de *La Romance du brigand* serait vexé. « Je n'aurais pas dû écrire ces lignes », se reprocha-t-elle.

3

Ryuji Sugimoto prit connaissance de la carte postale que lui avait fait suivre le *Koshin*. Il en fut très contrarié, car un mois plus tôt, cette même lectrice, ayant manifesté de l'intérêt pour son feuilleton, s'était spécialement abonnée au journal. On lui avait alors fait parvenir le mot de son admiratrice. Il se souvenait même lui avoir écrit quelques lignes de remerciement. A présent, elle annulait son abonnement par désintérêt subit pour son histoire.

« Les femmes sont vraiment capricieuses », pensa Ryuji Sugimoto irrité.

Une agence littéraire spécialisée dans la publication de feuilletons destinés aux journaux de province lui avait commandé *La Romance du brigand*. Ce n'était en aucun cas un récit bâclé, et bien qu'il ait adapté son manuscrit au style romanesque d'un journal régional populaire, il était sûr, en raison de ses compétences en matière d'écriture, de son effet sur le public. Lorsqu'il avait appris, ravi, qu'une résidente de Tokyo désirait lire le journal pour son roman, il s'était empressé de la remercier.

Maintenant, elle annulait son contrat, prétendant que son histoire était devenue ennuyeuse. Ryuji eut un rire sceptique et sentit la colère l'envahir, avec la pénible impression qu'on se moquait de lui. Puis il commença à s'interroger. Au moment où elle avait décidé de ne plus recevoir le journal, l'action de son histoire rebondissait au contraire, comparée à la partie qu'elle avait soi-disant aimée. Au fil des numéros s'était nouée une intrigue trépidante, de plus en plus palpitante, et le lecteur pouvait assister à de nombreuses scènes animées et hautes en couleur. Lui-même s'était passionné pour son roman et y avait pris du plaisir.

« Comment ose-t-elle ainsi dénigrer mon travail ? » se demanda-t-il, furieux.

Ayant foi en son talent, une lectrice aussi lunatique le mettait hors de lui.

Sans être célèbre, Ryuji Sugimoto avait la réputation d'être un romancier habile, collaborateur régulier de revues populaires. Il se targuait d'être passé maître dans l'art de tenir le lecteur en haleine. Le feuilleton publié dans le *Koshin* était de bonne qualité et tout à fait honnête. En outre, il l'avait rédigé dans un style harmonieux, au mieux de sa forme.

« Ah zut ! grogna-t-il, je suis maintenant d'une humeur massacrante. »

Deux jours plus tard, il n'était pas encore parvenu à se débarrasser de cet arrière-goût désagréable. Et bien que légèrement atténué le troisième jour, ce sentiment restait en lui comme un résidu amer qui, pendant la journée, refaisait surface de temps à autre. Il ressentait ce qu'il considérait comme un affront encore plus durement que s'il avait été violemment critiqué par un professionnel.

En réalité, l'idée qu'une vente ait été ratée par sa faute le tourmentait. En exagérant à peine, il considérait qu'il avait perdu la face vis-à-vis du journal.

Ryuji Sugimoto secoua la tête et quitta son bureau pour aller se promener. Il prit son chemin habituel à l'endroit où subsistaient les traces de la plaine de Musashi. Le long d'un petit bois dont les feuilles des arbres étaient tombées scintillait un étang sous le soleil hivernal.

Il s'assit sur l'herbe sèche face à l'eau. Au bord de l'étang, un étranger entraînait un grand chien. L'animal s'élançait pour chercher le bâton que lui lançait son maître et le lui rapportait en courant. L'exercice se répétait encore et encore.

L'écrivain regardait la scène sans y prêter attention. Quand on a devant les yeux un mouvement répétitif et monotone, une pensée inattendue peut venir vous surprendre. Ryuji Sugimoto sentit soudain planer un doute en lui.

« Elle a pris mon roman en cours de route parce que, paraît-il, il la captivait. Mais où donc en avait-elle entendu parler ?

« Le *Koshin* ne se trouve que dans la région où il est imprimé. Les marchands de journaux ne le vendent pas à Tokyo, il est donc impossible qu'elle en ait pris connaissance dans la capitale. Ce qui me fait supposer que, soit cette femme résidant à Tokyo, Yoshiko Shioda, a autrefois vécu dans la préfecture, soit elle s'y est rendue un jour et y a vu le quotidien. »

L'esprit absorbé dans ses pensées, Ryuji Sugimoto suivait mécaniquement les mouvements du chien.

« Dans ce cas, une lectrice aussi enthousiaste, séduite par cette histoire au point d'envoyer spécialement une demande d'abonnement au journal, ne pouvait se rétracter moins d'un mois plus tard. Au moment où, justement, l'intrigue se corsait.

« Il y a anguille sous roche, se dit-il. Ce n'est certainement pas pour mon roman-feuilleton qu'elle a souscrit un abonnement. Il lui a servi de prétexte. Elle cherchait quelque chose. Et quand elle l'a trouvé, le journal ne lui a plus été d'aucune utilité. »

Ryuji Sugimoto se releva et pressa le pas pour rentrer chez lui. Ses idées tournoyaient dans son esprit comme une poignée d'algues marines entraînée par le courant.

De retour chez lui, il extirpa de son porte-lettres le premier mot de Yoshiko Shioda.

« Je souhaite recevoir votre journal et vous fais parvenir ci-joint la somme correspondante. Vous publiez un roman-feuilleton intitulé *La Romance du brigand* qui me semble passionnant. Je voudrais le lire. Merci de m'envoyer vos parutions à partir du 19 de ce mois. »

« Quelles précisions étonnantes de la part d'une femme, remarqua Ryuji. D'autre part, pourquoi a-t-elle spécifié "à partir du 19", c'est-à-dire deux jours avant sa demande d'inscription, le 21. Un journal, quand il diffuse rapidement les informations, présente les événements du jour précédent. Le *Koshin* n'a pas d'édition du soir. J'en conclus qu'elle voulait le numéro du 19 pour apprendre ce qui s'était passé le 18. »

Il avait régulièrement reçu le quotidien de province. Il prit la pile amassée sur son bureau et éplucha attentivement tous les numéros, à commencer par celui du 19 février, particulièrement à la page « Société » où figuraient les faits divers locaux. Pour plus de sûreté, il ne négligea pas non plus les encarts publicitaires et les petites annonces.

Se limitant aux articles reliant la préfecture à Tokyo, il parcourut les nouvelles de chaque jour. Pour le mois de février, il ne trouva aucun fait précis. Il passa ensuite au mois de mars. Jusqu'au 5, rien de convaincant ne vint attirer son regard. Jusqu'au 10 non plus. Ni le 13... ni le 14... C'est dans le journal du 16 qu'il tomba enfin sur l'article suivant :

« Le 15 mars, vers 14 heures, un inspecteur des Eaux et Forêts a découvert un homme et une femme morts dans les bois de la gorge Rinun. Comme le décès remonte à un mois environ, les corps étaient à moitié décomposés, presque réduits à l'état de squelettes. Ils n'ont pas encore été identifiés. L'homme portait un costume bleu marine et un pardessus gris. Il était âgé de trente-sept ou trente-huit ans. La femme était vêtue d'un manteau marron en tissu épais avec de larges épaulettes et d'un tailleur de même couleur. Elle devait avoir vingt-trois ans. A côté d'eux, il y avait seulement le sac à main de la femme contenant sa trousse de maquillage et un ticket aller-retour de Shinjuku à la gare de K. Ce qui semble indiquer qu'ils résidaient à Tokyo... »

Le journal daté du lendemain publiait un autre article :

« Le couple qui a porté atteinte à ses jours dans la gorge Rinun a été identifié. Il s'agit de Sakiji Shoda, trente-cinq ans, agent de sécurité dans un grand magasin, et d'Umeko Fukuda, vingt-deux ans, employée dans le même magasin. L'homme était marié et père d'un enfant. Pour la police, c'est un cas de suicide dû à une histoire d'amour désespérée. »

« C'est ça ! »

Ryuji avait mis le doigt sur le fil qui reliait la préfecture Y. à Tokyo. Après la lecture de cet article, Yoshiko

Shioda avait annulé son abonnement. Voilà l'explication ! Elle s'était fait adresser le journal régional pour ces lignes qui, selon toute probabilité, ne seraient jamais parues dans la presse à Tokyo.

« J'y suis ! »

« Yoshiko Shioda a demandé le journal à partir du 19 février. Les corps ont été trouvés le 15 mars, presque un mois après le décès. Ça colle ! Le temps correspond. Au courant des suicides, elle attendait que soit annoncée dans le journal la découverte des corps. Pourquoi, mais pourquoi donc ? »

Une femme du nom de Yoshiko Shioda éveilla soudain l'intérêt de l'écrivain Ryuji Sugimoto.

Il fixa longuement l'adresse inscrite au dos de la carte postale.

4

Trois semaines plus tard parvint à son domicile le résultat de l'enquête effectuée par le détective privé engagé par Ryuji Sugimoto.

Rapport des investigations menées sur la personne de Yoshiko Shioda.

Yoshiko Shioda est née à M., un village du district S. dans la préfecture H. Adresse actuelle : Résidence Shinku, 1, Karasuyama-cho, Setagaya, Tokyo. D'après l'extrait du registre d'état civil, elle est mariée à Hayao Shioda. Le gérant de son immeuble la décrit comme une locataire réservée, vivant seule dans le studio qu'elle occupe depuis trois ans. Dernièrement, elle lui a raconté que son mari, prisonnier de guerre en Union soviétique, allait enfin pouvoir rentrer au Japon. Elle travaille comme hôtesse au bar Rubicon à Shibuya.

La patronne du bar nous a dit qu'elle l'employait depuis un an. Auparavant, elle travaillait au bar Angel à Ginza-Ouest. Elle a bonne réputation et de nombreux clients réguliers, mais ne semble pas entretenir de relations particulières avec l'un d'eux. A l'exception d'un homme mince de trente-cinq, trente-six ans qui vient deux ou trois fois par mois spécialement pour elle. Comme Yoshiko Shioda paie à chaque fois sa note, la patronne se demande si leur liaison ne remonte pas à l'époque du bar Angel. Les deux s'assoient toujours seuls dans une loge et parlent à voix basse. Quand, un jour, une hôtesse lui a demandé s'il s'agissait de son *ami*, elle lui a « fait la tête ». Chaque fois que cet homme vient au bar, elle a l'air tourmenté et déprimé. Personne ne sait son nom.

Yoshiko Shioda a bien été hôtesse au bar Angel jusqu'à l'année précédente, comme l'a confirmé le personnel. Là également, elle jouissait d'une excellente réputation. En revanche, elle rencontrait peu de succès auprès des clients, faute sans doute de se montrer suffisamment aguicheuse. Un homme, dont la description répond aussi à celle du bar Rubicon, venait spécialement pour elle. Il a commencé à fréquenter le lieu trois mois environ avant qu'elle ne démissionne. En un mot, elle a changé de travail trois mois après la première visite de ce client au bar Angel.

Au sujet de votre demande d'informations concernant M. Sakiji Shoda, agent de sécurité au grand magasin T., nous sommes allés interroger son épouse. Elle a proféré à son encontre des paroles pleines de haine. Depuis la nouvelle du suicide de son mari avec la jeune femme, elle le traîne littéralement dans la boue, et bien que son métier fût de surveiller les voleurs et les chapardeurs, a-t-elle crié ulcérée, lui-même ne se gênait pas. Il ne rapportait que la moitié de son salaire chez lui, gardant le reste pour s'amuser avec les filles. Quant à Umeko Fukuda, l'employée du même magasin morte avec lui, elle avait eu vent de son existence. « Ce type ne m'a apporté que honte et déshonneur », a-t-elle hurlé.

Mme Shoda a refusé de placer l'urne des cendres de son mari sur l'autel familial. Elle l'a liée avec une ficelle et abandonnée avec mépris dans le coin d'un cagibi.

Au nom de Yoshiko Shioda, elle a répliqué, excédée : « Je ne la connais pas, celle-là ! Mon mari était un coureur de jupons. Je ne me tenais pas au courant de toutes ses conquêtes ! »

Nous avons réussi à la calmer en lui empruntant une photo de Sakiji. Les employés des deux bars et leur patronne nous ont confirmé qu'il s'agissait bien de l'homme qui rendait visite à Yoshiko.

Nous sommes retournés voir le gérant de son immeuble pour lui montrer son portrait. Il semblait mal à l'aise.

« En vérité, a-t-il avoué sur le ton de la confidence, je gardais le secret. Ce n'est pas correct de dévoiler ainsi la vie privée de quelqu'un, mais bon... cet homme venait effectivement chez elle trois ou quatre fois par mois. Il lui arrivait même de rester deux nuits de suite. »

Ce qui apporte la preuve que Yoshiko Shioda et Sakiji Shoda étaient amants. En quelle occasion se sont-ils connus ? C'est une question que nous n'avons pas encore élucidée.

D'autre part, selon vos instructions, nous avons interrogé le gérant sur les faits et gestes de Yoshiko Shioda le 18 février. Il n'est pas tout à fait sûr du jour exact, mais vers cette date, Yoshiko Shioda a quitté son appartement à environ 10 heures du matin. Il peut le jurer car, d'ordinaire, elle se lève tard. Il s'en souvient donc comme d'un fait rarissime.

Après avoir consulté le registre de présence du Rubicon, il se trouve que, le 18 février, Yoshiko Shioda était en congé.

Ci-dessus le rapport de nos investigations effectuées jusqu'à ce jour. Au cas où vous souhaiteriez approfondir certains points, prière de nous contacter.

Ryuji Sugimoto le lut à deux reprises.

« Remarquable ! C'est vraiment une enquête conduite par de vrais professionnels. »

En conclusion, l'implication de Yoshiko Shioda dans le double suicide de Sakiji et d'Umeko était incontestable. Elle savait que le couple s'était donné la mort dans la forêt de la gorge Rinun le 18 février, le jour où elle avait pris sa joumée de repos et quitté son domicile de bonne heure. Pour aller à Rinun, il fallait descendre à la gare de K. « Où les avait-elle accompagnés, s'interrogeait le romancier, à Shinjuku ? à K ? »

Il se mit à étudier les horaires de chemin de fer. Les trains express de la ligne Chuo en direction de la ville de K. partent de Shinjuku à 8 h 10 et 12 h 25. Il élimina les trains de nuit et plus ou moins les omnibus. En admettant qu'elle se soit rendue à K., sans doute avait-elle pris l'express.

Si l'on considérait que Yoshiko était sortie de chez elle vers 10 heures du matin, peut-être avait-elle attrapé le train normal de 11 h 32, ou plutôt celui de 12 h 25, qui arrive en gare de K. à 15 h 05. Pour se rendre de la gare à la gorge Rinun, le lieu du suicide, il faut en tout une bonne heure, en car, puis à pied. Probablement Sakiji et Umeko étaient-ils arrivés sur la scène où allait se jouer le dernier acte tragique de leur vie juste au moment où se couchait le soleil d'hiver. Ryuji Sugimoto s'imagina le couple errant dans les bois du ravin de cette montagne escarpée aux rochers dentelés.

Seule à connaître l'existence de ce double suicide jusqu'à ce que les corps décomposés soient découverts par le fonctionnaire des Eaux et Forêts, Yoshiko lisait le quotidien local dans le but d'apprendre quel jour ce drame serait rendu public. Quel était son rôle dans cette affaire ?

Ryuji Sugimoto ouvrit à nouveau le *Koshin* du 19 février à la page 3 : glissement de terrain ; irrégularités au sein du syndicat des agriculteurs ; élections du conseil municipal. Rien de bien particulier. Il y avait également une grande photo du ministre X. originaire de la région, qui faisait un discours devant la gare de K.

Ses yeux restaient fixés sur l'image. Des idées jaillissaient dans son esprit comme lorsqu'il assistait aux mouvements répétitifs et monotones du chien de tout à l'heure.

Ryuji laissa de côté le manuscrit qu'il devait rendre au plus tard pour le lendemain et, la tête entre les mains, réfléchit. L'écrivain n'aurait jamais imaginé que la perte d'une lectrice pût l'affecter à ce point.

Sa femme devait croire qu'il peinait désespérément pour trouver une chute à son roman.

5

Yoshiko Shioda attendait les clients en compagnie de quatre ou cinq hôtesses, lorsqu'on lui annonça que quelqu'un la demandait. Elle se leva pour rejoindre dans une loge un homme assis, seul. Bedonnant, les cheveux longs, il paraissait la quarantaine. C'était la première fois qu'elle le voyait au bar et elle ignorait tout de lui.

— Vous êtes bien Yoshiko, Yoshiko Shioda ? dit-il en souriant.

Au bar Rubicon, on ne l'appelait pas par son nom de famille, mais par son prénom. S'étonnant que ce client ait prononcé l'intégralité de son nom, elle observa son interlocuteur sous l'éclairage tamisé. Une lampe à pied diffusait une ombre rose sur la table. Le visage qui flottait sous le rai de lumière rouge semblait irréel et lui était totalement inconnu.

Elle prit place à côté de lui.

— C'est exact. Excusez-moi mais... comment vous appelez-vous ?

L'homme fouilla dans sa poche et sortit une vieille carte de visite aux coins usagés. Il la lui tendit.

Yoshiko l'approcha de la lampe. Ce qu'elle lut la fit sursauter.

— R-Y-U-J-I S-U-G-I-M-O-T-O, déchiffra-t-elle.

— Oui, je suis l'auteur de *La Romance du brigand* que vous m'avez fait l'honneur d'apprécier.

Ryuji regardait la jeune femme, le visage illuminé par un large sourire.

— Je tenais à vous remercier. J'ai entendu parler de vous par le *Koshin* et je crois même me souvenir vous avoir envoyé un mot. Comme hier, je passais dans votre quartier, j'ai pris la liberté de me rendre à votre adresse. Vous étiez absente, mais le gérant a eu la gentillesse de m'indiquer où vous travailliez. Et voilà pourquoi je viens à l'improviste ce soir. Je tenais à vous exprimer de vive voix ma reconnaissance.

Yoshiko s'inquiétait. Sa présence ici était-elle réellement due à la raison qu'il invoquait ? Elle n'avait pas vraiment lu sa *Romance*, tout juste parcouru, et encore... « Certains écrivains éprouvent parfois le besoin vital de plaire », songea-t-elle.

— Vous en personne, c'est extraordinaire ! Votre roman m'a fascinée.

Elle se rapprocha de lui et lui sourit aimablement.

— Je vous remercie.

D'abord un peu intimidé, Ryuji se laissait peu à peu séduire par l'ambiance agréable de l'endroit. Se sentant de mieux en mieux, dans un souffle, il lança à Yoshiko :

— Vous êtes belle !

— Je vous en prie !

Elle lui sourit en lui faisant les yeux doux.

— Je suis moi aussi heureuse de vous rencontrer, mais n'allez pas si vite !

Elle lui versa de la bière dans son verre. « Pense-t-il vraiment que j'ai suivi tous les épisodes de son récit ? se demandait-elle, troublée. Il ne doit pas bien connaître le succès pour qu'une admiratrice l'impressionne tant, au point de vouloir la rencontrer. » Ou bien était-il alléché par le fait qu'elle fût une femme ?

A l'évidence, Ryuji Sugimoto n'avait pas l'habitude de boire. Une seule bouteille de bière avait suffi à rendre son visage cramoisi. Comme trois autres hôtesses participaient avec Yoshiko à ses libations, une multitude de bouteilles et de plats jonchaient la table. Il semblait maintenant parfaitement détendu, cajolé par les jeunes femmes enjôleuses. Une heure plus tard, ce nouveau client quitta le bar.

Le romancier venait tout juste de partir quand Yoshiko remarqua une enveloppe marron qui avait glissé du coussin sur lequel il s'était assis. Elle la prit.

— Ce doit être la sienne, s'écria-t-elle en se précipitant vers la porte de sortie, mais sa silhouette était déjà hors de vue.

— Il va sûrement revenir, je vais la garder, dit-elle à l'hôtesse qui se trouvait près d'elle.

Elle la mit dans l'encolure de son kimono et s'en désintéressa complètement.

Rentrée chez elle, Yoshiko dénoua sa large ceinture pour se changer. L'enveloppe brune tomba sur le tatami.

« Oh ! c'est vrai, je l'avais oubliée. » Elle la ramassa et la retourna dans tous les sens. Aucune des deux faces ne portait d'inscription. L'enveloppe non cachetée laissait entrevoir ce qui ressemblait à du papier journal. « Dans ce cas, je peux me permettre de jeter un simple coup d'œil », se persuada Yoshiko.

Poussée par la curiosité, elle tira de l'enveloppe une feuille de papier imprimé pliée en quatre. Elle la déplia. Devant ses yeux écarquillés s'étalait une coupure de journal d'environ un quart de page. C'était une photo publiée dans le *Koshin*, qui représentait un homme politique faisant un discours devant la gare, à K.

Au-dessus de la foule noire flottaient les banderoles blanches. La silhouette du ministre X. surplombait la foule. La photo montrait une scène à laquelle elle-même avait assisté.

Les yeux ronds de stupéfaction, Yoshiko sentit ses doigts trembler légèrement, son kimono desserré bâillant sur la poitrine.

Ryuji Sugimoto avait-il involontairement laissé traîner derrière lui cette coupure de journal, ou bien était-ce un acte délibéré de sa part ? Bouleversée par cette découverte, les jambes coupées, elle s'assit sur le tatami sans même trouver l'énergie de déplier son futon. Cet homme devait suspecter quelque chose. Et, pour cette raison, il avait laissé l'enveloppe, dans un but bien précis. Intuitivement, elle sentait que ce n'était pas une coïncidence.

A première vue sympathique et quelque peu naïf, l'écrivain Ryuji Sugimoto prenait soudain l'aspect d'un tout autre personnage, énigmatique et terrifiant.

Deux jours plus tard, Ryuji réapparut et fit appeler Yoshiko.

— Bonsoir ! prononça-t-elle poliment en s'asseyant près de lui, un sourire de professionnelle aux lèvres.

Ryuji lui rendit son sourire de son habituel air candide.

Elle se leva et lui dit en sortant de son sac à main l'enveloppe marron qu'elle lui tendit :

— L'autre soir, vous avez oublié ceci.

Imperturbable, elle souriait, tout en observant à la dérobée l'expression du visage de l'homme.

— Ah ! Merci beaucoup. Je la cherchais partout.

Il prit l'enveloppe et la mit dans sa poche. Il affichait un air enjoué mais, tandis qu'il regardait Yoshiko, on eût dit que dans ses yeux en grande partie dissimulés par les paupières brilla l'espace d'une seconde une lueur sournoise. L'instant d'après, il avait déjà détourné le regard vers son verre de bière mousseuse.

N'y tenant plus, Yoshiko tenta une expérience. Bien que consciente du danger que cela représentait, son désir de savoir l'emportait sur la prudence.

— Qu'est-ce que c'est ? C'est important ?

— C'est une photo publiée dans un journal. Celle d'un homme politique en train de faire un discours à K., lui révéla Ryuji Sugimoto, en découvrant la barre de ses dents blanches. Dans cette foule, un visage me tourmente, celui de quelqu'un que je connaissais, un homme qui s'est suicidé avec sa maîtresse dans la gorge Rinun.

— Ciel ! s'exclamèrent les deux autres hôtesses présentes.

— Deux femmes se tiennent juste à côté de lui. On dirait qu'elles l'accompagnent, vous voyez ? Elles se tiennent un peu à l'écart des gens. Je suis persuadé qu'il s'agit du jour où il s'est tué avec celle qu'il aimait. Dans ce cas, pourquoi deux femmes ? Cela n'a aucun sens. Il y en a une de trop. C'est étrange, non ? J'aurais bien aimé voir plus distinctement leur visage, malheureusement c'est impossible, la photo est trop petite. C'est pourquoi j'ai décidé de l'envoyer au journal afin qu'ils m'en tirent un agrandissement à partir du négatif. Vous allez me trouver bien curieux mais je vais essayer d'en savoir plus.

— Mon Dieu, quel détective vous faites !

Les deux hôtesses rirent en chœur. Yoshiko manqua d'air. Elle suffoquait.

6

A partir de cet instant, Yoshiko perça la véritable nature de Ryuji Sugimoto.

Il mentait. Les visages dont il parlait n'existaient pas sur la photo. Elle l'avait étudiée avec soin. Ni Sakiji, ni Umeko, ni elle-même ne figuraient sur ce cliché.

Sa tactique, consistant à dire que des personnes avaient été photographiées alors que c'était faux, montrait la détermination de Ryuji Sugimoto. Il la mettait à l'épreuve. De même, lorsqu'il prétendait être un ami de Sakiji, c'était une imposture.

Malgré tout, elle gardait son sang-froid. Mais il avait flairé quelque chose dont elle redoutait les conséquences. Yoshiko sentit planer sur elle une menace.

Une semaine plus tard, il fit une nouvelle visite au bar et, comme toujours, demanda Yoshiko.

Il souriait d'un air innocent :

— Vous savez, la photo... eh bien, ça n'a pas marché. Le journal m'a écrit qu'ils avaient jeté le négatif. Quel dommage ! Cette photo pouvait donner une piste intéressante.

— Vous avez raison, c'est regrettable, répondit Yoshiko qui but sa bière. « Il me joue une comédie odieuse », songea-t-elle.

Puis Ryuji Sugimoto changea de ton.

— J'ai pris des photos récemment. Je viens de les faire développer. Vous voulez les voir ?

— Oh oui ! Montrez-les, elles doivent être magnifiques, l'encouragea l'une des filles en flattant son amour-propre.

— Tenez !

Il sortit quelques instantanés de sa poche et les posa sur la table près des assiettes.

— C'est bizarre ! Ce sont toutes des photos du même couple ! fit remarquer l'hôtesse aussitôt qu'elle les eut en main.

— En effet. Elles sont bonnes, n'est-ce pas, bien cadrées.

Ryuji Sugimoto grimaçait plus qu'il ne souriait.

— Quelle idée saugrenue de photographier des inconnus.

Elle passa les photos à Yoshiko.

— Regarde !

Dès que Ryuji Sugimoto avait sorti les clichés de sa poche, elle avait eu un pressentiment... un mauvais pressentiment. L'esprit tendu par l'appréhension, elle fut parcourue de frissons. Quand elle prit les photographies pour les examiner, sa crainte se trouva justifiée.

Une femme et un homme marchaient de dos sur une route de campagne, sans doute dans la région de Musashi. En premier et en arrière-plan, les forêts du début du printemps projetaient leur ombre. La photographie était banale. Mais Yoshiko fut immédiatement frappée par les vêtements des deux personnes. L'homme portait un pantalon sombre et un pardessus clair. On distinguait parfaitement les larges épaulettes du manteau de la femme. A partir de ces clichés en noir et blanc, la mémoire de Yoshiko put colorer en brun le tailleur d'Umeko assorti au manteau à épaules carrées, en gris le pardessus de Sakiji, et en bleu marine son costume.

« Nous y voilà ! » pensa Yoshiko. Comme elle s'était résignée, son cœur ne battait pas trop vite, et c'est relativement calme qu'elle regardait les clichés, la tête penchée. Mais en réalité, elle observait la figure de Ryuji Sugimoto et elle eut l'impression que de la fente de ses yeux fusaient des éclairs meurtriers.

— Elles sont splendides.

Faisant un effort surhumain pour redresser la tête, elle lui rendit les photos, le visage inexpressif.

— N'est-ce pas ! Je trouve aussi.

Pendant quelques secondes, Ryuji Sugimoto dévisagea Yoshiko. Ses yeux brillaient de la même lueur inquiétante que lorsqu'elle avait regardé les images.

Ryuji avait deviné quelque chose. D'ici peu, il découvrirait toute la vérité. Yoshiko fut comme transpercée par un souffle glacial. Cette nuit-là, elle ne put s'endormir avant 4 heures du matin.

Très rapidement, Ryuji Sugimoto et Yoshiko Shioda devinrent intimes. Comme il n'était pas réapparu au bar, elle lui avait téléphoné pour l'inciter à venir et également écrit des lettres. Différentes des « lettres professionnelles » dans lesquelles les hôtesses employaient des termes de séduction pour attirer les clients, Yoshiko, elle, rédigeait les siennes avec émotion.

Pour l'entourage, leurs relations étaient celles, privilégiées, d'un client avec son hôtesse attitrée. Si l'on compte le nombre de fois peu élevé où Ryuji Sugimoto lui avait rendu visite au bar, les choses entre eux allaient bon train. Si vite que Yoshiko put lui faire la proposition suivante.

— Dites ! Vous ne voudriez pas m'emmener quelque part ? Je pourrais prendre mon jour de congé.

Ryuji sourit de contentement en fronçant le nez.

— Bonne idée ! Maintenant que nous nous voyons régulièrement. Où voulez-vous aller ?

— Dans un endroit calme. Que pensez-vous d'Oku-Izu ? On pourrait partir de bonne heure.

— Oku-Izu ? De mieux en mieux !

— Ce sera juste une excursion, hein !

— Ah bon !

— Oui. Je ne veux pas précipiter les choses. Disons que cette fois-ci, nous ferons simplement une promenade, et pour qu'il n'y ait pas de quiproquo, je voudrais que vous invitiez avec nous une de vos bonnes amies. Vous devez bien en avoir une ?

— Oui, oui...

Ryuji Sugimoto plissa les yeux et porta son regard au loin.

— Très bien. J'aimerais la connaître. Cela ne vous dérange pas ?

— Non, ça va...

— Vous n'avez pas l'air très enthousiaste !

— Nous aurions été mieux tout seuls.

— Ce sera pour la prochaine fois.

— C'est vrai ?

— Oui. Je ne veux pas me jeter dans vos bras aussi vite.

Yoshiko lui prit la main et la pressa entre ses doigts.

— Bon, tant pis. On fera comme vous avez décidé. Puisque c'est d'accord, convenons tout de suite du jour et de l'heure.

— D'accord, attendez un instant.

Yoshiko se leva pour aller chercher dans le bureau les horaires de train.

7

Ryuji Sugimoto demanda à une amie rédactrice d'un magazine auquel il collaborait de bien vouloir venir avec eux, sans lui en expliquer la raison. Fujiko Tasaka acquiesça immédiatement, probablement parce qu'elle se sentait en sécurité. Il n'était pas le genre d'homme à essayer de profiter d'elle.

Ryuji, Yoshiko et Fujiko arrivèrent à Ito-Izu avant midi. Ils projetaient d'aller au Shuzenji puis de revenir par Mishima.

Il allait se passer quelque chose. Les nerfs à vif, Ryuji Sugimoto pressentait un danger. Ses genoux se dérobaient sous lui bien qu'il feignît la décontraction.

Yoshiko était calme. Elle tenait dans une main un paquet enveloppé dans une feuille de papier plastique. Ce devait être son panier-repas. Elle semblait détendue, comme quelqu'un qui part vraiment en pique-nique, et devisait amicalement avec sa compagne.

Le car sortit d'Ito. Il s'engagea sur la route de montagne qu'il commença à grimper sans s'arrêter. A mesure qu'il montait, la ville d'Ito disparaissait, devenant de plus en plus minuscule. Dans la baie de Sagami, la mer étalait sa teinte pourpre de fin de printemps et se noyait à l'horizon dans la blancheur des nuages.

La rédactrice s'extasiait, n'ayant pas conscience de ce qui se tramait.

La mer disparut à son tour du panorama. A présent, le car traversait péniblement le col d'Amagi-Renzan. Peu nombreux, la plupart des passagers s'étaient désintéressés du paysage, lassés par sa monotonie. Ils se chauffaient au soleil qui brillait à travers les vitres.

— Eh ! Nous descendons ici, dit Yoshiko d'un ton péremptoire au chauffeur.

Le car stoppa en pleine montagne et les déposa tous trois. Puis le véhicule blanc continua sa route cahin-caha. Il n'y avait que quatre ou cinq fermes près de l'arrêt. Alentour, les montagnes dressaient leur relief abrupt.

Yoshiko proposa à ses compagnons de se reposer dans les environs avant de reprendre plus tard un car pour Shuzenji.

Elle leur indiqua un sentier sinueux qui pénétrait profondément dans la forêt.

— Nous pourrions prendre ce chemin.

La jeune femme percevait tous ses sens en éveil, et la transpiration perlait à son front.

La pluie avait mouillé la terre ici et là. Toutes les nuances de vert teintaient le feuillage des arbres. Le silence régnait, oppressant. Au loin retentit le bruit d'un coup de fusil.

En un seul endroit de la forêt touffue, les rayons du soleil inondaient l'herbe d'une clairière.

— Si nous faisions une pause ? proposa Yoshiko, aussitôt approuvée par Fujiko.

Ryuji Sugimoto regarda autour de lui. Ils s'étaient déjà bien enfoncés dans la forêt. Peu de personnes devaient passer par ici. Il s'imagina la gorge Rinun.

— Asseyez-vous, enjoignit aimablement Yoshiko.

Les deux femmes s'assirent sur leurs mouchoirs en allongeant convenablement leurs jambes. Yoshiko étala sur l'herbe le plastique qui recouvrait son panier-repas.

— Oh ! Je commence à avoir faim, dit la rédactrice.

— On mange, vous êtes d'accord ?

Yoshiko et l'autre femme prirent chacune leurs paniers. Fujiko ouvrit la boîte de carton qui renfermait des sandwichs. Quand Yoshiko s'empara de la boîte en bois remplie de sushis, trois bouteilles de jus de fruits roulèrent à terre.

— Bon appétit ! dit Fujiko. Elle mit un bout de sandwich dans sa bouche. Prenez-en, ne vous gênez pas, offrit-elle à Yoshiko qui se servit sans se faire prier.

— Moi, j'ai apporté des sushis, mais vous savez, j'en mange si souvent. Tenez, si vous en voulez, n'hésitez pas.

Elle présenta la petite boîte à Ryuji et Fujiko.

— D'accord, faisons un échange, dit Fujiko qui accepta de bon cœur, saisissant un sushi avec les doigts.

Elle s'apprêtait à le manger lorsque celui-ci virevolta dans l'herbe.

— Fujiko, stop !!!

Ryuji lui avait frappé brutalement les doigts pour faire tomber le sushi. Il se tenait maintenant debout, très pâle.

— Il est empoisonné !

Interdite, Fujiko leva les yeux vers lui.

Ryuji se tourna vers Yoshiko dont le visage avait blêmi. Pourtant, impassible, elle le fusillait du regard, l'air inquiétant.

— C'est de cette manière que vous avez tué le couple dans la gorge Rinun. Vous avez maquillé le crime en suicide.

Sous l'accusation, Yoshiko se mordit les lèvres tremblantes mais garda le silence, l'arcade sourcilière comme déformée par la fureur.

Au comble de l'excitation, Ryuji bégaya :

— Vous aviez invité Sakiji et Yumiko à vous accompagner dans la gorge Rinun le 19 février. Après les avoir empoisonnés comme vous aviez l'intention de le faire avec nous aujourd'hui, vous vous êtes enfuie en sachant qu'aux yeux de la police les cadavres seraient ceux de deux amants ayant décidé de se suicider. Personne n'irait soupçonner un meurtre dans cet endroit, célèbre pour abriter régulièrement les amours désespérées de couples réunis enfin dans la mort. Et ce double suicide serait admis au même titre que les autres. Depuis le début, c'était bien ce que vous aviez en tête, n'est-ce pas ?

Ryuji s'éclaircit la voix et avala sa salive.

8

Yoshiko n'avait pas dit un mot. Horrifiée, la rédactrice écoutait, figée de stupeur par ce qu'elle entendait. Si quelqu'un bougeait, ne serait-ce que d'un millimètre, on avait l'impression que l'air allait se déchirer. Un autre coup de fusil éclata au loin.

— Vous êtes arrivée à vos fins. Mais une chose vous tourmentait, continua Ryuji, celle de savoir ce qu'il était advenu des deux morts. Ils s'étaient effondrés sous vos yeux, puis vous vous étiez sauvée. Vous vouliez connaître le dénouement. La paix de votre esprit en dépendait. Voilà la vérité. Un trait de caractère spécifique aux assassins consiste à retourner sur le lieu de leur crime. Votre façon à vous de revenir sur vos pas se fit par l'intermédiaire du journal, dans l'espoir d'apprendre le résultat de l'enquête de la police : meurtre ou suicide. Les journaux de Tokyo ne relatent évidemment pas ces triviales affaires locales. D'où votre initiative de vous abonner au journal régional de la préfecture Y. où se trouve la gorge Rinun. L'idée était excellente.

Cependant, vous avez commis deux erreurs :

Tout d'abord, lorsque vous avez envoyé votre bulletin d'abonnement au journal, vous vous êtes crue obligée d'en donner la raison. Par intérêt pour mon récit *La Romance du brigand*, aviez-vous écrit, craignant sinon d'éveiller les soupçons. Mais vous en avez trop fait, car c'est ce détail qui m'a mis la puce à l'oreille.

Deuxièmement, grâce à votre idée de vous faire envoyer le journal à partir du 19 février, j'ai deviné que l'événement s'était produit le jour précédent. Effectivement, le 18, vous aviez disposé de votre jour de congé. Tout ce que je pourrais ajouter serait superflu.

Après avoir envisagé plusieurs possibilités, j'ai fini par conclure que vous aviez dû prendre l'express de 12 h 15 à Shinjuku, qui entre en gare de K. à 15 h 05. Et de là, vous êtes partis pour la gorge Rinun. Quand vous êtes arrivés à la station de K., le ministre X. était en train de faire un discours face à une foule rassemblée devant la gare. Une photographie de cette scène fut publiée dans le *Koshin* du lendemain. Comme d'après mes déductions, vous y aviez assisté, je décidai de vous tester en vous montrant cette image.

Ryuji avala encore une fois sa salive.

— Une agence de détectives privés a enquêté pour mon compte sur vos relations avec Sakiji, et j'ai appris que vous aviez une liaison avec lui depuis longtemps. Comme, de notoriété publique, Sakiji et Umeko étaient amants, personne ne mettrait en doute le fait qu'ils se soient suicidés. Ma théorie tenait la route. Volontairement, j'oubliai la photo du ministre publiée dans le journal afin que que vous la voyiez. Ce petit mensonge devait vous conduire à me soupçonner et vous faire comprendre que je vous soumettais à un test.

Très vite, je me suis rendu compte de l'insuffisance de l'histoire de la coupure de journal. Mais comme l'article du *Koshin* avait décrit la tenue des amants le jour de leur suicide, j'ai demandé à deux amis, un homme et une femme, de revêtir des vêtements semblables à ceux du couple de la gorge Rinun. Je les ai pris en photo et je vous ai soumis les clichés afin que vous soyez définitivement convaincue que je vous mettais à l'épreuve. Je devenais alors une menace redoutable. C'était à mon tour d'attendre votre invitation. Cela n'a pas tardé. Vous vous êtes arrangée pour que nous devenions rapidement intimes. Avec efficacité, puisque nous sommes là aujourd'hui ! Vous aviez tenu à inviter l'une de mes amies, parce qu'un seul mort ne pouvait passer pour un suicide entre amants ! Si nous avions mangé en même temps ces sushi, Yumiko et moi aurions été foudroyés par le cyanure ou un autre poison mortel que vous aviez introduit. Puis vous vous seriez esquivée discrètement. Trois moins un... restaient deux corps : ceux d'un double suicide d'amoureux dans la montagne d'Oku-Izu. Tout le monde se serait écrié, scandalisé : « Vraiment, on ne connaît jamais assez les gens. Qui aurait pu imaginer qu'ils étaient amants ? » Et ma femme, déshonorée, aurait jeté l'urne de mes cendres dans un placard.

Soudain, Yoshiko leva les yeux et ouvrit si grand la bouche que l'on put apercevoir le fond de sa gorge. Elle se mit à rire, d'un rire hystérique.

Puis s'arrêta net, aussi brusquement qu'elle avait commencé. Elle dit à Ryuji avec violence :

— Vous êtes bien un romancier ! Quelle imagination ! Vous prétendez que ces sushis sont empoisonnés ?

— Oui.

— Ah bon ! Puisque c'est comme ça, regardez bien. Je vais manger le contenu de la boîte. Si vous dites vrai, en trois ou quatre minutes, je mourrai empoisonnée par le cyanure. Si c'est un autre poison, mon corps sera agité par d'horribles convulsions. Et peu importe que je souffre, n'intervenez pas, laissez-moi.

Sans attendre leur réaction, Yoshiko arracha la boîte des mains de Fujiko, toujours paralysée.

Ryuji retint sa respiration en la regardant. Dans l'incapacité d'agir, il fixait seulement son visage, sans un mot.

Huit sushis enroulés dans leur feuille d'algue attendaient... Yoshiko les attrapa l'un après l'autre et, prenant à peine le temps de les mâcher, les engloutit à une vitesse stupéfiante. Par fierté, eût-on dit.

— Voilà ! J'ai tout mangé. Merci, je me sens rassasiée. Et maintenant, vais-je mourir, ou souffrir horriblement ?

Elle s'allongea dans l'herbe.

Un doux soleil caressait son visage. Elle avait fermé les yeux. Un rossignol chantait. Les minutes passaient... Immobiles et livides, Ryuji et Fujiko se tenaient près d'elle. De longues, très longues minutes s'égrenaient...

Yoshiko semblait dormir, inerte. Mais du coin de ses yeux clos, un filet de larmes se mit à couler. Ryuji allait intervenir quand elle se leva d'un bond.

— Cela va faire dix minutes, dit Yoshiko en s'adressant sèchement à Ryuji. Avec du cyanure, j'aurais rendu mon dernier souffle depuis longtemps. Un autre poison aurait déjà fait apparaître les premiers symptômes. Pourtant, je me porte à merveille. J'espère que vous réalisez le ridicule de vos divagations. On ne m'a jamais traitée de la sorte !

Elle enveloppa promptement dans le papier plastique les bouteilles de jus de fruits ainsi que la boîte vide et se redressa après avoir ramassé toutes ses affaires.

— Je m'en vais, au revoir.

Ce furent ses dernières paroles. Yoshiko partit à grandes enjambées sur le chemin qu'ils avaient emprunté à l'aller, la démarche assurée et sans changement apparent. Sa silhouette disparut dans l'épaisse végétation de la forêt.

9

Voici le testament qu'adressa Yoshiko à Ryuji.

Cher monsieur Sugimoto,

Mon crime s'est déroulé exactement comme vous l'avez dit.

Je n'ai aucune modification à apporter. C'est en effet moi qui ai tué le couple dans la gorge Rinun. Pourquoi l'ai-je fait ? Votre détective ne semble pas avoir élucidé ce point, je vais donc vous fournir le motif de mon acte. Un an avant la fin de la guerre, mon mari, qui était soldat, a été fait prisonnier en Mandchourie. Nous étions mariés depuis six mois seulement. J'aimais mon mari et quand, à la fin de la guerre, j'appris le transfert en Sibérie de la majorité des soldats japonais auparavant retenus dans les camps de Mandchourie, je ressentis une terrible douleur. Cependant, s'il ne tombait pas malade, j'étais convaincue qu'un jour il serait de retour à la maison. Je l'attendais patiemment.

L'attente semblait interminable. Maintes fois, je fis ce voyage jusqu'au port de Maizuru où débarquaient les soldats libérés, dans l'espoir de le voir arriver. En vain. Pourtant j'avais confiance dans sa nature robuste. Il reviendrait. Pendant des années, je l'ai attendu. Je changeai plusieurs fois d'emploi. Cela représente de telles difficultés pour une femme seule de subvenir à ses besoins. Je finis par devenir hôtesse au bar Angel, à Ginza-Ouest.

Ce travail nécessite un nombre important de toilettes. Sans protecteur, je devais me procurer moi-même, avec mes modestes moyens, des tenues correctes. Une fois, j'ai rassemblé toutes mes économies et me suis rendue dans un grand magasin pour m'acheter une nouvelle robe. J'ai pris la moins chère possible, dans les limites de mon budget. Si au moins j'étais rentrée chez moi en me contentant de cet achat ! Mais subitement m'est venue l'envie de m'offrir des gants à lacets. Au rayon des affaires, j'ai trouvé une paire à ma convenance. Je l'ai réglée à la caisse, l'ai mise dans mon sac puis suis descendue au rez-de-chaussée. Alors que je m'apprêtais à sortir du magasin, un homme m'a interceptée. C'était un agent de la sécurité. Il m'a demandé de vérifier le contenu de mon sac et m'a conduite dans un endroit isolé. Du fond de mon sac, il a extirpé deux paires de gants. L'une était enveloppée dans du papier, l'autre pas. L'article ne portait pas non plus le tampon de la caisse prouvant que je l'avais payé. Je restai interdite. La paire avait dû glisser dans mon sac lorsque je me trouvais près du comptoir des soldes. Je tentai de m'expliquer mais l'homme ne voulut rien entendre et nota sur son carnet mes nom et adresse. J'étais blême, on me traitait comme une vulgaire voleuse. Et quand finalement, il me dit de partir, il ricanait.

L'histoire ne s'est pas arrêtée là. Il y a eu pire encore. Un jour, l'homme est passé chez moi alors qu'il se rendait à son travail. Il est rentré et s'est incrusté dans le salon. Lorsqu'il m'annonça avoir gardé l'incident secret, je me suis sentie soulagée. Car, bien que ce ne fût pas un geste délibéré de ma part mais un simple malentendu, je me réjouissais d'échapper à la honte. Si l'affaire était parvenue aux oreilles de mes voisins et du personnel du bar, ma vie serait devenue un enfer.

Quand un individu malfaisant comme cet homme commence à profiter de la faiblesse d'une femme, vous pouvez imaginer de quoi il peut être capable. Démunie et sans défense, le courage me manquait pour résister à ses menaces. Sakiji Shoda ne me laissa plus jamais tranquille et, non content d'abuser de mon corps, il me soutirait fréquemment de petites sommes d'argent. Il venait au bar et buvait à mon compte. En quelque sorte, je l'entretenais.

J'en voulais à mon mari. Pourquoi mettait-il autant de temps à revenir ? S'il était rentré, jamais je n'aurais eu à subir ce calvaire. Mes griefs se retournaient contre lui, je l'accusais de tous mes maux. J'étais la seule fautive, mais je ne pouvais m'empêcher de le rendre responsable.

Sakiji était un personnage ignoble, à l'opposé de mon mari. Il sortait avec beaucoup de filles, dont Umeko Fukuda. L'esprit retors, il me l'avait fait rencontrer, par hasard soi-disant, afin, je pense, de susciter ma jalousie pour que je tombe amoureuse de lui. Et quelle explication psychologique peut-on donner au fait qu'effectivement, je commençai à éprouver ce sentiment ?

Peu après arriva une lettre extraordinaire dans ma boîte. Mon mari, dont j'étais sans nouvelles depuis si longtemps, m'apprenait qu'il pourrait bientôt rentrer au Japon. J'étais folle de joie, comme sur un nuage. Un bonheur qui fut vite étouffé par la faute de Sakiji Shoda. J'étais déterminée à tout confesser à mon mari dès son retour et à attendre son verdict. Avant tout, il me fallait rompre avec Sakiji qui, non seulement refusa d'en entendre parler, mais dont le désir sexuel en fut exacerbé. C'est alors que je décidai de le tuer.

De la manière que vous savez. Quand je lui ai annoncé que j'avais invité Umeko à nous accompagner à la gorge Rinun, il s'est réjoui de ce pique-nique singulier. L'idée d'emmener en même temps ses deux maîtresses excitait son orgueil pervers.

Nous étions convenus de prendre l'express de 12 h 25 à Shinjuku. Mais intentionnellement, je pris seule l'omnibus de 11 h 32, de peur que notre trio ne soit repéré par une personne de ma connaissance. Mon train entra en gare de K. à 14 h 23. Comme je devais attendre pendant une demi-heure l'arrivée de leur express, je suis allée manger une soupe de nouilles chinoises dans un restaurant devant la station. C'est là que j'ai vu votre roman-feuilleton, La Romance du brigand, *publié dans le* Koshin. *Quand Sakiji et son amie sont descendus du train, le ministre X. faisait son discours sur la grand-place.*

Dans la forêt de la gorge Rinun, je leur ai fait absorber des gâteaux de riz faits maison imprégnés de cyanure. Ils se sont écroulés et sont morts sur-le-champ. Après avoir effacé toute trace de nourriture, je suis rentrée dans mon appartement. Derrière moi, il ne restait plus qu'un double suicide d'amoureux. Tout avait merveilleusement fonctionné.

Je pouvais respirer et attendre sereinement le retour de mon mari. Avec encore une préoccupation en tête, celle de connaître la conclusion de la police : suicide ou meurtre ? C'est pour cette raison que je décidai de m'abonner au quotidien, en prenant votre histoire pour prétexte. Avec le résultat que vous savez : j'éveillai vos soupçons.

Mon mari... Je voulais me retrouver avec lui à n'importe quel prix. Je pris donc la résolution de vous supprimer vous aussi, en employant la même méthode efficace que pour Sakiji. Ce plan, vous l'avez découvert, mais vous suspectiez les sushis de mon panier-repas. En réalité, j'avais mis le poison dans le jus de fruits. Mon intention était de vous en proposer après les sushis pour vous désaltérer.

J'ai rapporté ce jus de fruits chez moi. Il ne sera pas perdu. Je suis sur le point de le boire...

La Voix

Une erreur de numéro

1

Tomoko Takahashi exerçait le métier de standardiste dans un journal. Avec sept ou huit autres opératrices, elle alternait journées et nuits de travail, sa présence nocturne revenant obligatoirement tous les trois jours.

C'était au tour de Tomoko ce soir-là.

Jusqu'à 23 heures, les standardistes travaillaient par équipe de trois, puis deux d'entre elles allaient faire un somme tandis que veillait la dernière. Elles se relayaient toutes les heures.

Assise face au standard, Tomoko lisait un livre. A 1 heure du matin, elle irait réveiller l'une de ses collègues allongées sur un matelas dans une petite pièce attenante. Mais pour l'instant, il lui restait trente minutes, songeait-elle, juste assez pour lire encore une quinzaine de pages. Comme elle se passionnait pour son roman, elle s'en fit la réflexion sans pour autant interrompre sa lecture.

A ce moment-là, un appel de l'extérieur l'incita à lever les yeux de son livre.

— Le service « Société », s'il vous plaît.

Aussitôt, la standardiste reconnut la voix de son interlocuteur. Elle fut donc en mesure d'établir la liaison et d'annoncer sans hésitation le nom de son correspondant.

— Vous avez M. Nakamura en ligne, dit-elle à Ishikawa qui répondit d'une voix ensommeillée.

Puis elle retourna au monde imaginaire de sa fiction. La communication prit fin très rapidement.

A peine avait-elle lu deux pages que la lumière rouge du standard se mit à clignoter, signe que l'appel provenait de l'intérieur du journal.

— Vous pouvez joindre le professeur Akio Akaboshi de l'université de Tokyo, s'il vous plaît ?

C'était à nouveau la voix de Hiroshi Ishikawa, chef adjoint du service « Société ». Mais contrairement à son ton endormi des minutes précédentes, il paraissait maintenant bien éveillé.

Tomoko pouvait ainsi identifier la plupart des voix des trois cents employés de l'entreprise. Bien qu'il semble normal qu'une standardiste possède une bonne oreille, ses collègues reconnaissaient que Tomoko jouissait d'un don exceptionnel. Il lui suffisait d'entendre une voix deux ou trois fois pour la mémoriser définitivement, et avant même que ses interlocuteurs n'aient eu le temps de se présenter, elle devinait leur nom, surprenant les nouveaux venus qui s'exclamaient, admiratifs, devant une telle mémoire.

Toutefois, cette faculté posait des problèmes au personnel masculin de la société. Car les standardistes se souvenaient également des voix de femmes qui leur téléphonaient du dehors.

— La petite amie d'Untel, c'est H., n'est-ce pas ? Quelle voix prétentieuse, une vraie pimbêche !

— Et celle d'Untel, c'est bien Y., non ?

Elles se rappelaient même les hôtesses de bar – que l'on peut difficilement qualifier de femmes amoureuses – harcelant au téléphone leurs clients afin qu'ils paient leurs dettes. Jamais, bien entendu, les standardistes n'auraient divulgué ces secrets quasi professionnels, ce qui eût été contraire à leur morale. Mais pour passer le temps, les jeunes filles s'en amusaient entre elles, papotant discrètement dans la pièce du standard. Elles étaient capables de déceler les moindres intonations, les moindres inflexions de centaines de voix.

Tomoko se mit à consulter l'épais annuaire du téléphone à la page des A, ses doigts glissant avec agilité le long de la colonne des noms, A... Aka... Akaboshi !

— Makio Akaboshi, 42... 6... 7... 2..., nota-t-elle dans sa tête.

Après qu'elle eut composé le numéro de l'abonné, la sonnerie de l'appareil vint lui chatouiller le tympan, et Tomoko s'imagina l'écho dans la maison endormie. L'horloge murale indiquait 0 h 23.

Elle pensait qu'un certain laps de temps s'écoulerait avant qu'on ne vienne lui répondre lorsque, à sa grande surprise, le récepteur fut décroché relativement vite.

Quand, par la suite, la police interrogea Tomoko, celle-ci leur déclara avoir eu son correspondant en quinze secondes seulement.

— Comment pouvez-vous en être si sûre ?

— J'étais gênée de téléphoner à une heure aussi tardive, en plein milieu de la nuit, répliquera-t-elle.

Au bout de la ligne, personne ne disait mot. Quelqu'un avait bien porté l'écouteur à son oreille, mais les secondes passaient, étrangement silencieuses, comme si la personne hésitait à répondre.

La standardiste dut répéter à deux ou trois reprises « Allô... Allô » avant d'obtenir une réponse.

— Qui est-ce ? demanda enfin une voix d'homme.

— Oh ! Veuillez m'excuser, mais je suis bien chez le professeur Akaboshi ?

— Non, c'est une erreur !

Comme elle eut l'impression qu'il s'apprêtait à raccrocher, Tomoko s'empressa de réitérer sa question.

— Excusez-moi, mais je ne suis pas au domicile du professeur Akaboshi, de l'université de Tokyo ?

— Non !

Bien que l'inconnu n'ait pas parlé fort, son ton était brutal. Tomoko se demandait si elle avait relevé un mauvais numéro, ou bien si elle s'était trompée en le composant. Comme elle se préparait à s'excuser, il lui lança :

— Ici, c'est le crématorium !

Le mince filet de la voix contrastait singulièrement avec sa grave voix masculine.

2

Il mentait !

Lorsqu'il arrivait à Tomoko de se tromper, on lui répondait souvent : « Ici, c'est la prison, le crématorium, le bureau des impôts », ou quelque autre endroit aussi peu sympathique. Logiquement, Tomoko aurait dû être habituée à ce genre de plaisanterie, mais là, au contraire, elle rétorqua furieuse :

— Espèce de mal élevé ! Le crématorium ! Idiot !

— Dites donc ! Vous avez vu l'heure ? Et puis...

La communication s'interrompit brusquement. Elle eut l'intuition qu'une autre personne avait coupé volontairement.

Bien que leur échange ait été extrêmement bref, Tomoko se sentit tout à coup d'humeur sombre comme si quelqu'un l'avait badigeonnée d'encre noire. Ce travail, qui consistait à être en relation avec des gens dont elle ne pouvait voir le visage, lui mettait parfois les nerfs à vif.

Tomoko reprit l'annuaire pour vérifier le numéro de l'abonné. « C'est donc ça ! J'ai confondu avec celui qui se trouvait juste en dessous, se dit-elle, peu coutumière de ce genre d'erreur. Qu'est-ce que j'ai donc cette nuit ? C'est peut-être mon roman, il m'accapare trop. »

Elle composa correctement le numéro du professeur Akaboshi.

La sonnerie du téléphone retentit, mais cette fois-ci, personne ne vint répondre.

Ishikawa, qui s'impatientait, lui passa un coup de fil.

— Alors, ça vient ? C'est urgent. Dépêchez-vous, je vous prie.

— Je suis désolée, le professeur doit dormir profondément. On dirait qu'il n'est pas près de se lever.

— Ah zut ! Insistez.

— Comment ? A une heure pareille ?

Tomoko connaissait bien le chef-adjoint du service « Société », elle pouvait donc se permettre d'exprimer ses doutes en termes aussi familiers.

— Ecoutez, un savant célèbre vient de mourir, et je voudrais obtenir les premières réactions d'Akaboshi par téléphone.

Maintenant, elle comprenait la raison de l'impatience du journaliste, l'heure de bouclage pour l'édition du matin étant fixée à 1 heure.

Le téléphone continua de sonner pendant cinq bonnes minutes avant que le professeur Akaboshi ne se manifeste enfin. La standardiste le mit en communication avec Ishikawa.

La lumière verte du standard n'en finissait pas de briller, preuve que la ligne était occupée par Ishikawa, qui devait écouter avec attention les paroles du maître. Cette couleur verte lui rappela sa bague de jade, un récent cadeau de Shigeo Kotani.

Ils l'avaient achetée ensemble dans une bijouterie de luxe à Ginza. Au moment où Shigeo pénétrait à l'intérieur d'un air assuré, Tomoko avait hésité.

— Dans un endroit comme celui-ci, une bague doit coûter horriblement cher !

— Ne t'en fais pas, la qualité est toujours payante à

la longue. Et puis tu sais, le prix, quelle importance ! dit Shigeo en entrant, faisant fi de ses réticences.

Impressionnée par le caractère ostentatoire du magasin, Tomoko s'arrangea pour choisir la bague la plus modeste qu'elle pût trouver parmi celles aux prix élevés indiqués sur les étiquettes. Néanmoins, ce prix excédait encore celui qu'elle aurait payé dans une boutique ordinaire.

Shigeo était ainsi. Il travaillait dans une société inconnue de troisième ordre et se plaignait constamment de la modicité de son salaire. Mais il se faisait tailler, à crédit, des vêtements dernier cri, s'achetait continuellement des cravates neuves et pouvait dépenser jusqu'à 800 yen pour l'inviter au cinéma dans un lieu chic de Yurakucho. Il semblait endetté en permanence. Sa nature instable, ainsi que son côté prétentieux, représentaient pour Tomoko une source d'inquiétude.

Et pourtant, comme il s'avérait délicat de faire part de ses sentiments, même à un fiancé ! Et bien qu'elle ne pût rien y changer avant leur mariage, la jeune femme s'en voulait de sa timidité. C'était sûrement un trait de faiblesse spécifique du sexe féminin. Ou bien le fait qu'elle fût amoureuse l'empêchait-il de s'exprimer. Elle se prenait à rêver qu'une fois installés dans leur vie conjugale, elle parviendrait à corriger sa nature dispendieuse.

Le teint pâle et le regard sans éclat de Shigeo semblaient refléter un certain manque d'énergie. En pensant à lui, Tomoko se sentit mal à l'aise, car elle ne retenait que ses plaintes au détriment de ses désirs et de ses ambitions.

La lumière verte s'éteignit mollement, lui signalant la fin du long entretien d'Ishikawa. Tomoko jeta un regard absent sur l'horloge murale. Plus que sept minutes avant la relève. Dans cinq minutes, elle pourrait réveiller la standardiste qui devait la remplacer.

Comme l'annuaire du téléphone était resté ouvert, elle ressentit soudain la nécessité de connaître le nom de l'abonné du 42-6721 qu'elle avait appelé par mégarde. Loin de s'être apaisée, son exaspération persistait, comme si un individu répugnant lui avait craché dessus.

Shinzo Akaboshi, 7-263 Setagaya-cho, Setagaya.

Shinzo Akaboshi... Elle essayait d'imaginer ce qu'il faisait dans l'existence. Lorsqu'elle était lycéenne, Tomoko se rendait parfois chez une amie qui habitait là. Par conséquent, elle connaissait bien ce quartier résidentiel et élégant, quadrillé par des rangées de murs blancs qui entouraient des jardins où se devinaient de larges toitures enfouies dans les arbres.

Pour elle, il était impensable qu'une voix aussi grossière concernât une personne appartenant à un tel voisinage. Depuis la fin de la guerre, on rencontrait couramment pareilles incongruités. La répulsion qu'elle avait éprouvée en entendant parler cet être vulgaire et si peu éduqué s'était encore affermie, et le manque d'harmonie de cette voix lui laissait un goût amer.

A 10 heures du matin, Tomoko rentra chez elle, son service de nuit terminé. Ayant pour habitude de rester debout jusqu'au déjeuner, elle s'occupa de son ménage et de sa lessive avant d'aller se coucher à 13 heures.

A son réveil, la lumière électrique du plafond était allumée. Il faisait déjà complètement noir à l'extérieur des fenêtres coulissantes. Près de son oreiller, sa mère lui avait déposé, comme toujours, le journal du soir.

Tomoko le prit dans l'intention de le lire pour l'aider à se réveiller.

En première page, un titre énorme la fit instantanément émerger de son sommeil.

« MEURTRE DE LA FEMME D'UN DIRECTEUR DE SOCIÉTÉ, ASSASSINÉE EN PLEINE NUIT À SETAGAYA, EN L'ABSENCE DE SON MARI »

Elle se précipita sur l'article suivant.

« Le directeur de société Shinzo Akaboshi, demeurant 7-263, Setagaya-cho à Setagaya, avait laissé seule toute la soirée sa femme Masae âgée de vingt-neuf ans. Il devait assister à la veillée funèbre d'un parent. Quand il est rentré chez lui en taxi à 1 h 10 du matin, il l'a trouvée morte, étranglée pendant son absence. Une enquête a été ouverte. La maison ayant été cambriolée, les soupçons de la police se portent sur les voleurs. Bien que ce ne soit pas encore certain, on pense que plusieurs malfaiteurs seraient impliqués dans cette affaire. Un neveu du couple, un étudiant habitant les environs, est venu rendre visite à la victime, accompagné d'un ami. En raison de l'heure tardive, ils ont quitté son domicile à 0 h 05 exactement. Le crime aurait été commis entre ce moment-là et 1 h 10, heure de la découverte du corps. »

Tomoko poussa un cri de surprise horrifié.

3

Quand la jeune fille se présenta au commissariat de Setagaya, l'inspecteur chargé de l'enquête lui demanda pourquoi la voix interceptée au téléphone correspondait, d'après elle, à celle du meurtrier.

— Dans le journal, on dit que la victime s'est trouvée seule entre 0 h 05 et 1 h 10. Lorsque j'ai appelé par erreur, il était 0 h 23. C'est une voix d'homme qui m'a répondu. Si on tient compte de l'heure, il devrait s'agir du criminel.

— Que vous a-t-il dit ?

Tomoko lui raconta tout en détail.

L'officier de police se montra extrêmement intéressé par la soudaine interruption de cette conversation téléphonique. Pour elle, quelqu'un posté tout près de l'appareil avait dû arrêter délibérément la communication.

Il lui fit répéter ce point précisément, puis discuta à voix basse avec les autres policiers présents dans la pièce. Elle réalisa plus tard qu'elle leur avait fourni là un indice capital, leur permettant d'opter pour la présence d'un ou de plusieurs criminels dans cette histoire.

— Quel genre de voix était-ce ? demanda l'inspecteur en les répartissant en plusieurs catégories : voix aiguës, basses, moyennes, perçantes, grasses, claires, la priant d'indiquer dans quel groupe se situait la sienne.

Tomoko se trouva déconcertée et ne sut que répondre. Elle s'aperçut de son incapacité à décrire oralement une voix. C'eût été trop vague et peu probant de dire : « C'est une voix grave », car il doit exister un registre de mille ou deux mille tons différents pour les voix graves. Une telle réponse ne donnerait à l'inspecteur qu'une idée générale. Elle restait perplexe. Si seulement, elle avait pu annoncer : « C'est une voix grave et rauque », elle aurait alors réussi à transmettre une certaine sensation. Mais sans trait aussi caractéristique que « rauque », comment en faire une description fidèle ? Tomoko se révélait incapable de communiquer ses impressions à l'aide de mots.

Devant son embarras, l'inspecteur rassembla quelques hommes pour leur faire réciter un petit texte.

En les entendant, Tomoko prit à nouveau conscience que la majorité des hommes possédaient une voix grave.

Ils avaient l'air gênés, mais les ayant écoutés attentivement, elle décida que certaines se rapprochaient de « sa » voix. Pourtant, l'instant d'après, elle se contredisait en déclarant que finalement, elles étaient très différentes. Ce fut la seule réponse qu'elle pût apporter : semblables et dissemblables en même temps.

Le policier tenta une nouvelle méthode.

— Comme vous êtes standardiste, vous avez l'habitude d'entendre beaucoup de monde au téléphone, n'est-ce pas ?

— Oui.

— Combien de personnes employées dans votre société pouvez-vous identifier ?

— Oh ! A peu près trois cents.

— Autant ! s'exclama l'inspecteur stupéfait, en échangeant un regard avec son collègue.

— Dans ce cas, quelle est parmi les voix de ces personnes celle qui ressemble le plus à la vôtre ?

« Quelle bonne idée ! » Tomoko montra son enthousiasme. Il y en aurait bien une qui lui serait sensiblement comparable. Elle allait pouvoir ainsi s'expliquer de manière plus concrète.

Contrairement à son attente, malheureusement, elle ne parvint pas à trouver de voix identique, et seules celles de X. et de Y. lui parurent avoir leur propre personnalité. C'est tout ce qu'elle put dire.

Assez bizarrement, « sa » voix commençait à se perdre dans les limbes de l'oubli. A s'en remémorer tant, elle n'avait plus de celle en question qu'une faible notion qui commençait à disparaître dans la masse.

En conclusion, la police recueillit de Tomoko ce simple témoignage : « C'est une voix grave. » Un piètre indice en vérité !

Son histoire fut ensuite relatée dans la presse à sensation, amplifiée par de gros titres à la une : « Une standardiste se trompe de numéro et téléphone par hasard sur le lieu du crime ! Elle entend la voix du meurtrier ! » On citait le nom de Tomoko, qui devint pendant quelque temps objet de curiosité mais aussi, parfois, sujet de railleries.

Un mois, deux mois passèrent. Les articles, de plus en plus courts, étaient devenus des entrefilets figurant en bas de page.

Six mois plus tard, un texte, assez long celui-là, indiquait que l'équipe chargée de l'enquête avait été dissoute, sans être parvenue à découvrir le coupable.

4

L'année suivante, Tomoko démissionna de son poste pour aller vivre avec Shigeo Kotani.

Une fois mariés, ce qu'elle présageait au sujet de son fiancé se vérifia. Shigeo était un fainéant qui allait travailler quand bon lui semblait. Constamment, il se plaignait de sa société.

— Je vais quitter mon travail un de ces jours ! disait-il quand il avait trop bu.

Il prétendait qu'il pourrait dénicher ailleurs un meilleur salaire mais, très vite, elle sentit que les compétences de son paresseux et orgueilleux mari n'étaient pas à la hauteur de ses ambitions.

— De toute façon, quoi que tu fasses, ce sera toujours la même chose. Tu n'es jamais content. Allez, remue-toi, va donc travailler tous les jours !

Lorsque Tomoko le secouait de la sorte, Shigeo lui riait au nez. « Tu ne comprends rien, tu n'as aucune idée de ce qu'un homme pense de son travail. »

Trois mois plus tard, il quitta réellement son emploi.

— Qu'est-ce que tu vas faire maintenant ? demanda Tomoko en larmes.

— Ne t'en fais pas, tout va s'arranger, dit-il en tirant une bouffée sur sa cigarette.

D'un caractère faible, Shigeo aimait à prendre des airs de mauvais garçon.

Les six mois suivants, ils vécurent dans un dénuement extrême. Les emplois plus lucratifs dont Shigeo s'était vanté se révélaient introuvables. Il sentait la panique le gagner. Son manque de formation en faisait un bon à rien. Physiquement inapte à devenir un ouvrier, il n'en avait pas non plus le style, avec cette arrogance qui le caractérisait.

Enfin, par le biais d'une petite annonce dans un journal, il fut engagé comme démarcheur dans une compagnie d'assurances. Mais Shigeo, qui n'était pas homme à s'investir longtemps dans un travail, partit avant même d'avoir obtenu sa première commission.

Heureusement, grâce à « un coup de chance », pour reprendre l'une de ses expressions, il s'engagea dans une nouvelle aventure. Des personnes dont il avait fait connaissance du temps où il était représentant dans les assurances lui proposaient de s'associer avec lui pour créer une petite société commerciale de distribution de médicaments. Il raconta à sa femme ce que lui apporterait sa contribution par l'« investissement de son labeur ».

Tomoko ne saisissait pas bien ce qu'il voulait dire par là. Néanmoins, elle constatait la mine pleine d'entrain de son mari partant travailler chaque matin.

Il lui dit que sa société se trouvait vers Nihombashi. Elle ne s'y rendit jamais. A la fin du mois, Shigeo lui remit un salaire décent, une somme relativement importante. Curieusement, le nom de l'entreprise n'était pas imprimé sur l'enveloppe, qui ne contenait pas non plus de récépissé. La jeune femme connaissait bien la présentation d'une fiche de salaire mensuel et s'en étonna un peu, tout en pensant que ce devait être leur usage. Avant tout, elle se réjouissait que l'argent arrive enfin.

L'amour a toujours été considéré comme le pivot de la vie conjugale, mais pour Tomoko dorénavant, la stabilité d'un couple lui semblait dépendre plutôt de sa sécurité financière. Durant les six mois où ils avaient été accablés par la pauvreté, combien de fois n'avait-elle pas eu l'intention de se séparer de ce mari apathique, après avoir épuisé toutes ses ressources d'amour pour lui ! Après leurs querelles, elle songeait régulièrement à s'enfuir sans prévenir.

Quand il commença à rapporter régulièrement son salaire mensuel, la paix entre eux fut rétablie. Comme il est étrange que les sentiments entre deux époux puissent à ce point être influencés par l'argent, pensait-elle. En réalité, sa mélancolie même s'était évanouie.

Dès le troisième mois, Shigeo fut légèrement augmenté. Puis à nouveau une hausse le mois suivant. Apparemment, la société marchait bien. Ce qui leur permit de rembourser leurs dettes, de s'acheter quelques vêtements et un ou deux meubles.

Le jour, donc, où Shigeo demanda à sa femme : « Est-ce que je pourrais inviter des collègues à jouer au mah-jong chez nous ? », celle-ci se montra enchantée.

— Cela me ferait plaisir, mais c'est embêtant, la maison est si petite.

— Qu'est-ce que ça peut bien faire ?

— Eh bien d'accord ! Je vais leur préparer plein de bonnes choses.

Elle s'imaginait avoir affaire à des invités de marque du bureau de son mari et souhaitait par conséquent les servir du mieux qu'elle pût.

Le soir suivant arrivèrent trois hommes. L'un paraissait avoir la quarantaine, les deux autres à peine trente ans. De quel genre d'hommes s'agissait-il vraiment ? se demandait-elle. Contrairement à l'image qu'elle s'était forgée d'eux, ils manquaient de raffinement, pour des responsables de l'entreprise comme on les lui avait présentés. Ils ressemblaient plutôt à des représentants de commerce.

Le plus âgé des trois se nommait Kawai, les deux autres, Muraoka et Hamazaki.

— Je vous prie de bien vouloir nous excuser de vous déranger ainsi, lui dit Kawai en s'inclinant devant elle.

Il avait un visage maigre et sec, des yeux étroits, des lèvres très minces et l'os des pommettes à fleur de peau. Les cheveux longs de Muraoka plaqués par le gel étaient peignés en arrière. Hamazaki avait un visage rougeaud imbibé par l'alcool.

Le plus jeune, Muraoka, avait apporté la table et la boîte de pions de mah-jong. Ils jouèrent la nuit entière.

Tomoko ne put fermer l'œil. A minuit, elle leur prépara un riz au curry.

— Vous n'auriez pas dû vous donner tant de peine, la remercia Kawai en se penchant vers elle, un certain charme émanant de ses yeux fendus.

En tant qu'aîné du groupe, il s'adressait à elle poliment, à l'opposé de ses compagnons.

Le repas terminé, elle leur servit du thé, et c'est après avoir tout rangé que Tomoko put enfin aller se coucher. Il était à peu près 1 heure du matin.

Vu l'étroitesse de la maison, elle n'avait eu d'autre solution que celle d'installer son futon dans la pièce voisine. Les moindres bruits lui parvenaient donc aux oreilles à travers les portes coulissantes, l'empêchant de trouver le sommeil.

Les joueurs essayaient de parler doucement et de se faire discrets, mais au comble de l'excitation, ils se mettaient à jurer « Zut ! » ou « Bon Dieu ! » en piquant des fous rires tandis qu'ils comptaient leurs points. Leurs voix alors prenaient de l'ampleur.

Encore aurait-elle pu s'en accommoder jusqu'à un certain point. Mais l'insupportable claquement sec des pions que l'on abat sur la table lui tapait sur les nerfs.

Tomoko se retournait et se retournait sans cesse dans son lit. Elle se bouchait les oreilles, essayait de ne plus penser à rien. Ce fut l'effet inverse qui se produisit, la mettant dans un état de nervosité extrême.

Elle fut incapable de dormir.

5

Le mah-jong semblait exercer sur eux une fascination extraordinaire. A partir de ce soir-là, Shigeo amena souvent Kawai, Muraoka et Hamazaki.

— Désolés de vous importuner de la sorte.

— Merci pour votre hospitalité de ce soir.

A ces mots, Tomoko faisait contre mauvaise fortune bon cœur, car elle gardait à l'esprit qu'il s'agissait des collègues de son mari et qu'il leur était redevable.

— Je vous en prie. Cela ne me dérange pas le moins du monde.

A chaque fois, elle devait leur servir un en-cas au cours de la nuit. En soi, ce n'était pas désagréable, mais ce qui s'ensuivait l'exaspérait au plus haut point. Les cris tels que « *che* » ou « *pou* », les rires étouffés, le bruit des pions que l'on fait claquer étaient plus que ses oreilles ne pouvaient supporter. Elle tentait en vain de s'endormir et quand, enfin, elle avait réussi à s'assoupir, elle sursautait, surprise par le claquement sec des pions qui résonnait alors dans sa tête, lui mettant les nerfs à vif.

Excédée, Tomoko se plaignit un jour à son mari.

— Je veux bien croire que le mah-jong soit un jeu captivant, mais je ne peux plus endurer leur présence continuelle. J'en ai perdu le sommeil et à ce rythme, je vais faire une dépression.

Sèchement, Shigeo la réprimanda.

— Quoi ? Tu peux faire un effort quand même ! Kawai, eh bien, c'est lui qui m'a sorti de l'impasse. Tu sembles apprécier que mon salaire soit correct, non ?

— Oui, d'accord, mais...

— Et puis, écoute ! Je n'ai pas le choix, c'est mon devoir d'employé de cette société de jouer au mah-jong si on me le demande. Même si je détestais ce jeu, je devrais y participer.

Puis, pour la réconforter :

— Un peu de courage, voyons, c'est moi qui ai pris en premier l'initiative de les inviter à la maison. Ils étaient très heureux et m'ont dit également combien ils te trouvaient sympathique. Cela n'arrive pas tous les soirs, essaie de te montrer patiente. Bientôt, nous pourrons déménager.

Tomoko fut forcée d'acquiescer. Elle sentait pourtant qu'on la tenait à l'écart de quelque chose et que son mari cherchait à l'amadouer, alors qu'elle ignorait presque tout de ces trois hommes, à commencer par Kawai.

Quand elle priait Shigeo de lui donner quelques renseignements les concernant, il se mettait à rire et lui faisait des réponses évasives. Sa femme ne savait toujours pas quelle était la véritable activité de la société.

Mais quelque part, Tomoko craignait d'insister à ce sujet auprès de Shigeo. Les terribles soucis qu'ils avaient connus à l'époque où il ne percevait aucun salaire avaient laissé des marques. Elle avait peur de mettre en danger leur niveau de vie actuel. En le pressant trop de ses questions, elle redoutait que la stabilité de leur vie ne fût menacée.

Finalement, elle fit semblant de se laisser convaincre par les explications de Shigeo, tout en sachant qu'elle ne pouvait lui faire crédit. Réduite à se mentir à elle-même, elle sentit la contrariété la couvrir de sueur froide.

Même les nuits sans mah-jong, elle éprouvait des difficultés à s'endormir. Tomoko commença à prendre de petites doses de tranquillisants.

Trois mois plus tard...

Un de ces innombrables soirs où Kawai et le jeune Muraoka étaient déjà arrivés pour jouer au mah-jong, Hamazaki, lui, était en retard. Les deux hommes discutèrent un peu avec Shigeo mais, pour une raison inconnue, le visage rougeaud de Hamazaki ne se montrait toujours pas.

— Où diable est passé ce type ? s'écria Muraoka déjà en colère, ses longs cheveux brillants durcis par le gel.

— Ne t'énerve pas, sinon tu vas mal jouer. Nous allons bientôt le voir !

Kawai, aux yeux fendus et lèvres minces, essayait de le rassurer, mais, en réalité, lui aussi s'impatientait.

— Qu'est-ce qui a bien pu arriver ? s'inquiéta de son côté Shigeo d'un air accablé.

— Si nous faisions une partie à trois en attendant Hamazaki ? suggéra Kawai.

— D'accord !

Comme Muraoka mourait d'ennui, il était prêt à accepter n'importe quoi.

Ils se mirent à jouer et semblaient s'être pris au jeu, hurlant les sempiternels « *che* » ou « *pou* », quand ils entendirent une voix de femme les interpeller.

— Excusez-moi !

C'était la propriétaire de l'épicerie voisine où Tomoko allait régulièrement. Elle se tenait sur le pas de la porte.

— Il y a un appel téléphonique pour vous, de la part de M. Hamazaki.

Tomoko la remercia.

— Ce Hamazaki, il exagère ! Qu'est-ce qui lui prend de téléphoner ? grommela Kawai en ramassant ses pions.

Shigeo cria à l'adresse de sa femme :

— Je ne peux pas sortir, je suis occupé, vas-y, toi !

Elle partit en courant pour aller répondre au téléphone placé au fond de la boutique. Voyant que la propriétaire semblait fâchée, la jeune femme s'excusa en décrochant le récepteur et le porta à son oreille.

— Allô !

Par réflexe, Tomoko avait pris son ton appliqué de standardiste professionnelle d'il y a quelques années.

— Allô ! Oh, madame Kotani, c'est moi, Hamazaki.

— Oui...

Involontairement, Tomoko avait serré le combiné.

— Vous pouvez dire à M. Kawai que je dois terminer un travail imprévu ? Je ne peux pas venir chez vous ce soir. Vous lui faites la commission, hein ? Allô !

— Ou... i.

— Vous avez compris ?

— Oui, oui, je m'en charge.

Elle raccrocha, la tête dans le brouillard, et ne remarqua même pas qu'elle sortait du magasin.

Cette voix ! La voix de Hamazaki ! C'était celle de la fameuse nuit, lorsqu'elle avait appelé par mégarde la maison où venait de se commettre un crime, trois ans auparavant ! La brutalité de cette voix inoubliable resurgissait à la surface de sa mémoire.

6

Elle se rua chez elle en passant par la porte de derrière, comme si elle cherchait à fuir quelqu'un. Son cœur battait à tout rompre. Encore bouleversée, elle transmit le message de Hamazaki.

Cette voix retentissait dans ses tympans sans disparaître, telle une hallucination. Il s'agissait indubitablement de celle de la nuit du meurtre. Tomoko faisait confiance à son oreille, certaine de pouvoir compter sur elle. Autrefois, tous faisaient l'éloge de la qualité de son ouïe, un sens qui s'était développé et amélioré au fil des ans, grâce au métier qu'elle pratiquait. L'ancienne standardiste se souvint de son aptitude à déceler au téléphone les inflexions de milliers de voix.

Jusqu'à maintenant, la jeune femme avait souvent entendu celle de Hamazaki lorsqu'il venait jouer au mah-jong. Pourquoi alors ne s'était-elle rendu compte de rien ? Cette voix, à présent, ne la lâchait plus. Seule interprétation possible : elle avait reçu la voix « en direct », sans que celle-ci soit passée par l'intermédiaire d'un récepteur téléphonique

« En direct » ou au téléphone, une voix est perçue de façon totalement différente. Lorsque l'on connaît bien une personne, on finit par assimiler les deux voix. Mais la première fois, ce n'est pas pareil. On aurait même tendance à entendre deux voix aux tons très distincts. Tomoko n'avait jamais imaginé que la voix de Hamazaki chez elle et celle interceptée la nuit du meurtre ne faisaient qu'une. C'était seulement en lui parlant au téléphone qu'elle avait pu la reconnaître.

Les joueurs arrêtèrent leur partie.

— Ça suffit ! Ce n'est pas drôle à trois, cela n'a aucun intérêt, dit Kawai en se levant pour allumer une cigarette.

— Ce Hamazaki, quel casse-pieds ! jura entre ses dents Muraoka en disposant les pions dans leur boîte.

Comme Shigeo ne trouvait Tomoko nulle part, il cria :

— Tomoko, Tomoko !

— Votre femme se prénomme Tomoko ? lui demanda soudain Kawai d'un air suspicieux.

Shigeo semblait gêné de s'être exprimé de manière aussi familière. Devant eux, il n'appelait jamais sa femme par son prénom.

— Comment l'écrivez-vous ?

— Avec l'idéograrnme du matin.

Le regard de Kawai s'assombrit soudain. Il allait continuer quand il s'interrompit : Tomoko apparaissait.

— Comment, vous partez déjà !

Kawai observa du coin de l'œil le visage de la jeune femme dont il constata certainement la pâleur inhabituelle.

— Oui, avec un joueur en moins, notre humeur s'en ressent. Nous vous remercions pour votre hospitalité.

Il quitta la maison avec Muraoka. Leur hôtesse les regarda partir de son vestibule comme elle avait l'habitude de le faire, mais ce jour-là, son attitude resta froide et réservée. Les deux invités s'en allèrent sans se retourner.

— Qu'est-ce qu'il y a ? demanda Shigeo en fixant Tomoko.

— Rien, rien, répondit Tomoko en secouant négativement la tête, incapable de se fier à ce mari qui gardait en lui un secret – une épouse sent ces choses-là – dont elle ignorait complètement la teneur.

Shigeo était pour ainsi dire dans leur camp. En se confiant à lui, elle craignait de se rendre vulnérable et, quel que soit l'endroit où se portait son regard, se détachait le visage imbibé d'alcool de Hamazaki.

Du jour au lendemain, Kawai et ses camarades ne vinrent plus jouer au mah-jong.

Comme Tomoko s'en étonnait auprès de Shigeo, il rétorqua d'un air mécontent :

— Tu faisais une telle tête !

— Quoi, comment ?

Son cœur fit un bond.

— M. Kawai a décrété que nous jouerions ailleurs dorénavant. Il dit que ce n'est pas convenable de s'imposer ainsi chez nous.

— Mais je n'ai fait aucune tête !

— Si, si, depuis le début, tu t'es montrée irritée de nous voir jouer au mah-jong à la maison. Ça se voyait sur ton visage. Et voilà le résultat ! M. Kawai s'est vexé.

De mauvaise humeur, Shigeo sortit en emportant la boîte de jeu sur son épaule.

Quelque chose avait dû se produire pour qu'ils cessent de venir de façon aussi soudaine. Subitement, Tomoko se sentit traversée par un doute. « Ils savent que je sais ! Hamazaki, Muraoka et Kawai sont complices ! Comment ont-ils bien pu deviner ? » Mais ne s'inquiétait-elle pas outre mesure ? Peut-être dans le fond voulaient-ils simplement changer d'endroit.

Cependant, le lendemain, son espoir fut réduit en miettes par une réflexion que lui fit Shigeo à l'improviste.

— En apprenant ton prénom, M. Kawai s'est montré très curieux. Il m'a interrogé à ton sujet, me demandant si par hasard tu n'avais pas travaillé dans le temps comme standardiste dans un journal. Comme je lui ai répondu que oui, en effet, il a été fort impressionné de s'être souvenu des articles dans la presse racontant l'histoire du faux numéro, la voix du meurtrier dans la nuit... « Alors, s'est-il écrié, la standardiste, c'était votre femme ! » Il semblait fasciné.

Tomoko perdit toutes ses couleurs.

7

Quatre ou cinq jours passèrent.

Tomoko maigrissait, en proie aux tourments que lui causaient la peur et la méfiance. Elle ne pouvait rien avouer à son mari. A ce stade, c'était devenu impossible.

Il lui cachait quelque chose de mystérieux qui l'empêchait de lui ouvrir son cœur, et l'obligation de vivre seule avec son secret, sans pouvoir se livrer à quiconque, la torturait.

Puis elle eut une idée lumineuse. Il fallait à tout prix qu'elle en parle à quelqu'un, mais pas à n'importe qui... « J'ai trouvé : Ishikawa ! C'est le confident idéal. »

A l'époque chef-adjoint du service « Société », c'était lui qui avait prié Tomoko de joindre par téléphone un professeur, dont il désirait obtenir une interview après l'annonce de la mort d'un célèbre savant, cette nuit fatidique où la voix du meurtrier était parvenue jusqu'aux oreilles de Tomoko. Donc, en quelque sorte, Ishikawa portait une part de responsabilité. Elle essayait de se justifier, mais il n'existait aucun autre confident vers qui elle pût se retourner.

Trois années s'étaient écoulées. Elle espérait qu'Ishikawa occupait toujours le même poste et, résolue à tenter sa chance, elle se rendit au journal.

Quand elle arriva sur le lieu de son ancien travail, elle fut envahie par la nostalgie. Et de plus, on lui annonça à l'accueil que le journaliste avait été muté.

— Muté ?

— Oui, à notre siège du Kyushu.

Kyushu, c'était loin, beaucoup trop loin. Démoralisée, son précieux espoir anéanti, Tomoko, une fois de plus, se retrouvait seule.

Elle pénétra dans un bar proche où elle se rendait fréquemment lorsqu'elle travaillait au journal et commanda un café. Mais là, pas un visage qu'elle reconnût parmi les serveurs.

Tous avaient changé. Tout s'était modifié en l'abandonnant, elle, dans sa solitude.

Dans ce monde qui bouge, par quel cruel hasard une voix, « la » voix, la poursuivait-elle de ses persécutions, réapparaissant à l'improviste par l'intermédiaire d'un homme que, pourtant, elle côtoyait régulièrement au mah-jong.

Le regard perdu, Tomoko réfléchissait en buvant son café, lorsqu'un doute lui effleura l'esprit. Attention, attention ! La voix de Hamazaki correspondait-elle vraiment à l'autre ? Bien qu'elle s'en fut persuadée, elle se sentait moins sûre d'elle maintenant qu'elle se posait la question.

D'accord, son oreille, dont chacun vantait les mérites, était excellente, mais cela faisait deux ans qu'elle avait quitté son emploi de standardiste. Elle se sentit reprise par l'inquiétude et se demanda s'il était raisonnable de continuer à s'y fier.

« Je voudrais réentendre la voix de Hamazaki au téléphone pour décider si, oui ou non, il s'agit bien de la même, songea Tomoko, perdue dans ses pensées. Comment faire pour l'écouter à nouveau ? Il doit bien y avoir un moyen. »

Elle rentra chez elle. Son mari n'était pas encore arrivé. Epuisée, elle s'assit sur les tatamis et demeura prostrée là quand, de l'entrée, la patronne de l'épicerie voisine l'appela.

— Madame Kotani, vous êtes là ?

— Oui, oui, dit Tomoko en accourant dans le vestibule.

— On vous demande au téléphone. La personne ne m'a pas donné son nom, mais il paraît que vous comprendrez. Il a essayé de vous joindre à plusieurs reprises déjà, lui dit la propriétaire sur un ton hostile.

Tomoko la pria de l'excuser pour le dérangement qu'elle lui occasionnait et se précipita au-dehors derrière elle. Kawai ! C'était sûrement lui ! Ce fut le nom qui se présenta en premier à son esprit. Dans ce cas, Hamazaki devait l'accompagner, ce qui allait lui donner la possibilité de l'entendre.

— Allô ! dit-elle en portant le récepteur à son oreille.

Il s'agissait bien de la voix haut perchée de Kawai.

— Venez tout de suite, s'il vous plaît. Votre mari est tombé malade. Ne vous affolez pas, ce n'est pas grave, je pense que c'est l'appendicite. Vous pouvez venir ?

— Bien sûr ! Où êtes-vous ?

— 280, Tanimachi à Bunkyo. Vous changez à la station de tramway Kagomachi et vous descendez à Sasugaya. Je vous attendrai là-bas.

— Bien, bien... Allô ! M. Hamazaki se trouve-t-il à vos côtés ?

Avec un mari souffrant, elle ne prononçait pas les paroles adaptées à ce genre de situation, et le moment était bien mal choisi pour de telles préoccupations. Mais bien qu'elle fût choquée par sa réaction, cette question, finalement, revêtait sans doute plus d'importance que la maladie soudaine.

— Hamazaki ?

La voix de son correspondant hésita un bref instant.

— Non, il n'est pas là. Dépêchez-vous, c'est urgent !

Dans sa voix flottait un soupçon de rire dont Tomoko ne saisit pas la portée.

— Je pars. J'arrive tout de suite.

Tomoko raccrocha et poussa un soupir de soulagement. Enfin, elle allait pouvoir vérifier. D'une façon ou d'une autre, elle s'arrangerait pour contrôler la voix de Hamazaki.

Le charbon

1

Tanashi est une petite ville de la banlieue ouest de Tokyo, dans la sous-préfecture de Kitatama, à quarante-cinq minutes en train de Takadanobaba par la ligne Seibu. Comme elle se trouve relativement loin des lignes principales de chemin de fer, on a le sentiment d'être à la campagne. Mais, la surpopulation de la capitale aidant, le paysage évolue, et les propriétés agricoles sont peu à peu remplacées par de nouveaux lotissements. Dans toute la région subsistent encore des signes de l'ancienne plaine de Musashi. Le long des champs cultivés se dressent des arbres de différentes variétés, pins, ormes et chênes, qui donnent aux forêts de Musashi une impression d'extrême délicatesse.

Le premier à évoquer au XIXe siècle les particularités des bois de Musashi fut le romancier Kunikida Doppo : « Dans l'esthétique de la littérature japonaise, écrit-il, on remarque la prédominance des pins. Il serait difficile de trouver un poème où l'on entende tomber la pluie d'automne dans les profondeurs d'une forêt de chênes. »

Ce matin-là, le 13 octobre à 6 h 30 pour être précis, un adolescent délivrait les journaux à bicyclette sur une petite route, entre Tanashi et Yanagikubo. Son regard fut soudain attiré par quelque chose qui traînait sur le bas-côté. Les feuilles jaunies des arbres tapissaient le sol à cet endroit, mais il y distingua, à demi dissimulée, une forme ressemblant à un motif floral.

Le garçon mit pied à terre et s'approcha, intrigué. Une robe gris clair à carreaux rouges foncés était étalée parmi les herbes. Dans l'air matinal, les couleurs se détachaient, étrangement nettes et froides. Deux jambes blanches et une chevelure noire dépassaient... Pris de panique, il s'enfuit en pédalant comme un fou, cramponné à son vélo.

Une heure plus tard arrivait la brigade criminelle accompagnée d'un médecin légiste dans trois automobiles. Noires et blanches, elles en imposaient, mais à cette heure-là, sur la route de Musashi, il n'y avait âme qui vive. Seuls quelques habitants observaient de loin. Dernièrement, entre chaque ferme, des maisons particulières s'étaient construites en plein champ.

La femme morte, âgée de vingt-sept ou vingt-huit ans, avait un corps svelte et des traits fins et réguliers. Contracté par la peur et la douleur, le visage était souillé par une fine pellicule de poudre noirâtre. Sur la gorge, la marque d'une ecchymose qui ressemblait à une tache naturelle de naissance. Visiblement, elle avait été étranglée.

Ses vêtements n'étaient pas en désordre, et l'herbe tout autour ne portait nulle trace de lutte.

Elle n'avait pas de sac à main. A cela, on pouvait donner trois explications : soit elle était partie sans le prendre, soit il avait disparu, soit le meurtrier l'avait emporté. Dans le cas pour le moins surprenant où la femme n'en possédait pas au moment de son agression, sa tenue vestimentaire ne correspondait pas non plus à celle de quelqu'un sur le point de sortir. Ce qui laissait supposer qu'elle vivait dans les environs.

Afin de vérifier leur hypothèse, la police montra la victime à ceux qui habitaient dans un large rayon alentour. A la vue du cadavre, ils jetèrent un regard furtif et effrayé, mais personne ne fut en mesure de l'identifier.

— Je pense que nous allons rapidement connaître son identité, dit l'inspecteur Hatanaka, de la brigade criminelle, en s'adressant à son supérieur, le commissaire Ishimaru.

Réveillé en sursaut, Hatanaka clignait des yeux par manque de sommeil. Le commissaire se pencha pour regarder la bague en or et jade que la femme portait à la main gauche.

Le corps fut transporté à l'hôpital pour l'autopsie. Et le commissaire Ishimaru resta sur place à observer le paysage.

— L'atmosphère de la plaine de Musashi persiste encore dans cette partie, dit-il.

— Oui, vous avez raison. Je crois même que le mémorial de Doppo ne se trouve pas loin d'ici, répondit Hatanaka, tournant les yeux dans la direction des arbres.

Il semblait avoir oublié le meurtre.

— Au fait, est-ce que ce matin de bonne heure, il a plu chez vous ? demanda à brûle-pourpoint le commissaire Ishimaru en scrutant le sol.

— Non, pas du tout.

— Moi, je vis à Uguisudami. A l'aube, j'ai entendu le bruit de la pluie dans un rêve. Mais quand je me suis levé, j'ai constaté que la terre était réellement trempée. Où habitez-vous ?

— A Meguro.

— La pluie n'est donc pas tombée par là-bas ? Alors, c'était juste une averse. J'ai l'impression qu'il n'a pas plu ici non plus, fit remarquer le commissaire en tapotant le sol du bout de ses chaussures.

Le résultat de l'autopsie arriva dans l'après-midi. D'après la dentition, la victime avait dans les vingt-sept, vingt-huit ans. Elle était décédée des suites de strangulation. Comme il s'était écoulé quatorze ou quinze heures depuis le décès, l'heure présumée du crime remontait donc à la veille au soir, entre 22 heures et minuit, le 12 octobre. Pas de blessures apparentes. Pas de traces de violence. Aucun résidu de poison dans l'estomac. En revanche, l'autopsie révélait la présence dans les poumons de poussière de charbon.

— De la poussière de charbon ? s'exclama Hatanaka en regardant son supérieur.

— J'imagine que cette femme vivait dans un environnement lié plus ou moins au charbon.

— Hum !

Le médecin chargé de l'autopsie expliqua qu'il avait également décelé de la poussière de charbon dans les narines.

2

L'identification de la victime fut établie le soir même.

Le crime avait aussitôt été rapporté dans les journaux, et un homme qui se prétendait son mari se présenta à la police.

— C'est bien elle, confirma-t-il dès qu'on lui eût montré le corps.

Mince, le teint pâle, il avait belle allure dans ses vêtements à la dernière mode. Aux questions que lui posaient les inspecteurs, il dit s'appeler Shigeo Kotani, avoir trente et un ans et travailler comme employé dans une société. Il habitait 2-164, Hinode-cho à Toshima.

Sa femme, Tomoko Kotani, était âgée de vingt-huit ans.

— Depuis quand votre femme a-t-elle disparu ?

— Quand je suis rentré hier soir vers 18 heures, elle n'était pas là. Tout d'abord, j'ai pensé qu'elle faisait des courses. Mais au bout d'une heure, comme son absence se prolongeait, j'ai commencé à m'inquiéter et à interroger les voisins. Certains d'entre eux l'avaient vue sortir vers 16 heures.

La patronne qui tient l'épicerie à quelques maisons de chez Shigeo, ayant appris qu'il questionnait tout le monde, était venue d'elle-même lui raconter ce qu'elle savait.

— Monsieur Kotani... Votre femme a reçu un coup de téléphone vers 16 heures. Elle est ensuite partie précipitamment.

— Un coup de téléphone ! avait-il répété, surpris par cette nouvelle. De la part de qui ?

— C'est moi qui ai décroché, mais l'homme n'a pas voulu me dire son nom. Votre femme comprendra, m'a-t-il dit. Je suis donc allée prévenir Mme Kotani pour qu'elle vienne lui répondre. Ils n'ont échangé que quelques mots. Puis elle est retournée chez vous pour ressortir presque immédiatement.

Shigeo n'avait aucune idée du nom de ce correspondant.

— Savez-vous de quoi ils ont discuté ?

— Je n'ai pas bien entendu parce que j'étais occupée avec des clients dans le magasin. Mais si je me souviens bien, attendez..., elle aurait parlé de prendre le tramway jusqu'à Sasugaya.

— Sasugaya ?

Shigeo comprenait de moins en moins. Ni l'un ni l'autre n'avaient rien à voir avec cette station. De retour chez lui, il s'était mis en quête d'un mot éventuel, mais sans résultat.

Qui diable avait bien pu téléphoner à sa femme ? Et pour que l'homme ne prenne pas la peine de se présenter, fallait-il qu'il la connaisse bien ! Lui cachait-elle quelque chose ?

Shigeo Kotani passa une nuit blanche, tourmenté par la disparition de son épouse et ressassant toutes sortes d'éventualités. Le lendemain matin, à bout de nerfs, il ne mit pas le nez dehors de toute la journée. C'est dans la dernière édition de son journal qu'il lut l'article traitant de l'affaire. D'après l'âge et les vêtements décrits par les journalistes, très vite, il comprit qu'il s'agissait de sa femme.

— J'ai acheté cette bague de jade il y a quatre ou cinq ans, dit-il en la montrant du doigt.

Quand ils entendirent l'histoire du coup de téléphone, les policiers dressèrent l'oreille.

— Selon vous, qui, dans votre entourage, aurait pu ainsi téléphoner à votre femme ?

— J'y ai beaucoup réfléchi, mais je n'arrive pas à mettre un nom.

— Avait-elle déjà reçu un appel de ce genre ?

— Non, jamais.

— Son corps a été découvert dans les environs de Tanashi. Avez-vous quelque relation dans le coin ?

— Jamais de la vie ! Pour moi, c'est un mystère qu'elle soit allée là-bas.

— Lorsque votre femme sortait, elle prenait certainement son sac à main. Nous ne l'avons pas retrouvé à l'endroit où son corps a été découvert. L'aurait-elle laissé chez vous, par hasard ?

— Elle l'a emporté. C'est un sac noir de forme rectangulaire, en daim, avec un fermoir doré.

— Combien d'argent en liquide avait-elle sur elle à peu près ?

— Hum ! Moins de 1 000 yen, je pense.

— Quelqu'un lui voulait-il du mal ?

— Personne, je peux vous l'assurer !

Hatanaka lui demanda alors s'ils utilisaient du charbon chez eux.

— Non, nous avons le gaz et nous nous lavons aux bains publics.

— Y a-t-il un vendeur de charbon dans votre quartier ?

— Non.

Ayant épuisé toutes leurs questions, les policiers notèrent l'adresse de son travail, etc., et mirent fin à leur interrogatoire.

L'enquête porta en premier lieu sur ce coup de téléphone énigmatique qui avait attiré Tomoko au-dehors. La patronne de l'épicerie fut convoquée par la brigade criminelle.

Sa version correspondait à celle de Shigeo Kotani.

Hatanaka lui posa des questions, en insistant bien sur cette station de tramway dont elle avait saisi le nom.

— Est-ce que c'est Mme Kotani qui a proposé d'aller en tramway à Sasugaya ?

— Non, non, c'était plutôt dans le style : « Je vais donc à Sasugaya », comme si elle se faisait confirmer le lieu par son interlocuteur.

— Vous avez pu retenir encore autre chose ?

— Vous savez, à 4 heures de l'après-midi, il y a foule à l'épicerie. Cette phrase m'est parvenue par hasard à l'oreille, mais c'est tout. Je n'ai rien entendu de plus.

— Auparavant, y avait-il déjà eu un coup de téléphone semblable ?

La patronne réfléchit en caressant son épais double menton.

— Oui, une fois !

— Vraiment ?

Tout ouïe, le policier se pencha vers elle.

— Il est vrai que ce n'était pas pour Mme Kotani. L'homme voulait parler à son mari, mais c'est elle qui était venue répondre à sa place.

— Il avait donné son nom ?

— Cette fois-là, oui. Il s'appelait Hama... Hama... Oh ! J'ai oublié la fin, mais je suis sûre que son nom commençait par Hama.

3

Les inspecteurs interrogèrent de leur côté Shigeo Kotani sur ce premier coup de téléphone. L'un d'entre eux prenait des notes.

L'homme qui avait appelé se nommait Yoshio Hamazaki, un collègue de Shigeo Kotani. Il voulait les prévenir qu'il ne participerait pas à la partie de mah-jong chez Kotani, car un contretemps de dernière minute l'empêchait de s'absenter.

L'inspecteur s'attarda sur ce point.

— Le mah-jong, vous dites ? Vous avez le nom des joueurs ?

— Tenez !

Sur un morceau de papier étaient inscrits les noms de Koichi Kawai, Akiharu Muraoka et Yoshio Hamazaki.

Employés dans la même société que Shigeo, surchargés de travail, ils avaient depuis peu décidé d'arrêter de jouer. Tomoko ne les connaissait pas bien. Pour elle, ils étaient simplement des invités qui venaient faire une partie à la maison. Pas un n'était suffisamment intime avec la jeune femme pour se permettre de l'appeler au téléphone. Cette idée paraissait inconcevable. Il n'existait aucun motif valable pour que Tomoko, en cachette de son mari, accepte une telle invitation.

L'inspecteur finit d'écrire les renseignements fournis par Kotani.

— Dans quel genre de société travaillent-ils ? s'enquit le commissaire Ishimaru auprès de son adjoint.

— Dans une société de distribution de médicaments. En fait, ils semblent n'être que des intermédiaires, dont le rôle consiste à vendre les produits de petites sociétés pharmaceutiques à des grossistes. Il ne s'agit pas, à proprement parler, d'une véritable société commerciale.

Pour le commissaire Ishimaru, ces informations devaient contenir un indice.

— Vous vous informez sur les trois, Kawai, Muraoka et Hamazaki, et vous vérifiez aussi leurs emplois du temps respectifs de la nuit dernière.

— D'accord, chef ! C'est essentiel.

Hatanaka donna des ordres à ses hommes, puis il regarda Ishimaru qui buvait une tasse de thé.

— A supposer que Kotani dise vrai, il est cependant difficile d'imaginer que l'un de ces joueurs ait appelé sa femme. Qu'en pensez-vous ?

— Ce qu'il dit est exact. Mais pour quelle raison l'un d'eux a-t-il téléphoné à Mme Kotani ? A nous de trouver. Sapristi ! Qu'est-ce qui peut bien se cacher à Sasugaya ? Qui habite par là ?

Par « qui », le commissaire Ishimaru désignait l'un des trois joueurs, Kawai, Muraoka ou Hamazaki.

Lorsqu'un policier revint avec une fiche contenant leurs adresses, il s'empressa d'en prendre connaissance.

— Voyons voir... Kawai vit à Nakano, Muraoka et Hamazaki partagent le même appartement à Shibuya. Dommage, personne près de Sasugaya. Au contraire, même. Enquêtez de ce côté.

— Nous faisons le maximum. Au sujet de ce rendez-vous à la station de tramway, nous recherchons des témoins oculaires parmi les passagers et les chauffeurs. Peut-être quelqu'un l'a-t-il vue autour de Sasugaya ou dans les quartiers proches, ceux de Komagome, Maruyama, Tozakicho, etc.

— Très bien. Et si nous allions nous-mêmes y jeter un œil ? dit le commissaire en se levant.

Dans la voiture, il demanda à son adjoint où, d'après lui, avait été assassinée la victime.

— Où ça ? Ce ne serait pas à Tanashi ?

— En présence d'un meurtre par strangulation, on se retrouve face à ce problème de ne pouvoir déterminer avec exactitude le lieu du crime, parce que dans un tel cas, il n'y a pas écoulement de sang, expliqua Ishimaru dans son dialecte du Kansai.

Il alluma une cigarette en se protégeant du vent qui s'engouffrait par la fenêtre, puis poursuivit :

— Il y a deux solutions : ou bien son meurtrier l'a tuée à Tanashi, là où elle a été découverte, ou bien on l'y a transportée *après* sa mort. L'autopsie a révélé de la poussière de charbon dans ses poumons. A Tanashi, cependant, on n'en trouve nulle trace.

— Ce qui ne signifie pas obligatoirement que la victime ait respiré de la poussière de charbon juste avant de mourir. Elle peut l'avoir inhalée les heures ou les jours précédents, répliqua Hatanaka, qui essayait de trouver une faille dans le raisonnement de son chef.

— Quand une femme a le visage sale, elle se nettoie aussitôt, n'est-ce pas ? Là, même ses narines étaient imprégnées de charbon. Pour se débarrasser de cette sensation désagréable, on s'essuie l'intérieur du nez avec le coin d'une serviette par exemple. Ce que je cherche à démontrer, c'est que la victime a été étranglée sans avoir eu le temps de se laver la figure. Donc, j'en conclus qu'elle a respiré le charbon quelques secondes avant sa mort.

— Ainsi, on l'aurait transportée à Tanashi après l'avoir tuée ailleurs. Sans doute avez-vous raison, acquiesça Hatanaka.

— Je ne peux encore l'affirmer avec certitude, mais c'est une piste à suivre.

— Bon... Avant tout, il nous faut connaître les allées et venues de la victime la nuit du crime.

La voiture de police était arrivée à la station de Sasugaya. Les deux hommes sortirent et restèrent accoudés à la portière. Le tramway de Suidobashi s'essoufflait à monter la côte.

— Allons là-bas ! dit le commissaire Isharu, avisant un chemin.

Ils traversèrent à pied les rails du tramway et s'engagèrent sur un étroit sentier qui longeait un petit temple jusqu'en haut de la colline. Arrivés au sommet, ils dominaient la ville qui s'étalait sous eux.

— Il n'y a aucune usine ici, constata le commissaire Ishimaru en parcourant la scène du regard. Je ne vois aucune cheminée.

Des vagues de tuiles ondulées recouvraient la plaine et scintillaient faiblement sous le soleil d'automne. Pour Hatanaka, l'idée de son chef était claire, il cherchait un endroit où il y eût du charbon.

4

En deux jours, différents éléments de l'enquête furent examinés.

Concernant le déplacement de Tomoko Kotani jusqu'à Sasugaya, les inspecteurs chargés de se renseigner dans cette région étaient revenus bredouilles.

La patronne de l'épicerie leur avait fourni le premier indice : elle avait vu partir la jeune femme dans l'après-midi à 16 h 30. Ce qui signifiait qu'elle était peut-être arrivée à la station de tramway vers 17 heures, 17 h 30, en pleine heure de pointe. Mêlée à la foule dense des passagers, piétons ou conducteurs, personne ne l'avait remarquée.

Les inspecteurs, ayant acquis la conviction que la victime s'était bien rendue à Sasugaya le 12 en fin de journée, s'interrogeaient sur ce qui avait bien pu se passer jusqu'à 6 h 30 le lendemain matin. Depuis combien de temps le corps était-il dissimulé dans le feuillage du petit bois de Tanashi, lorsque le jeune homme était tombé dessus ?

D'après les estimations du médecin légiste, le meurtre avait été commis entre 22 heures et minuit. Par conséquent, où la jeune femme avait-elle vécu ses dernières heures ? Ses agissements demeuraient pour tous un mystère.

Si l'on supposait, en première éventualité, que la victime s'était rendue à Tanashi, comment y était-elle allée ? Pour répondre à cette question, les policiers avaient fait des recherches systématiques autour des stations environnantes pour tenter de déterminer quel avait été son moyen de transport. Lorsque l'on vient de Tokyo, en partant de Takadanobaba, la gare la plus proche est celle de Tanashi, sur la ligne Seibu. On peut, soit descendre à Tanashi-cho depuis Ikebukuro sur la ligne Seibu, soit prendre la ligne Chuo et finir en bus. Mais aucun employé des stations de Tanashi, Tanashi-cho ou Musashi-Sakai ne se souvenait d'avoir vu une femme ressemblant à Tomoko. Pour gagner du temps, elle avait également la possibilité d'attraper un taxi. Mais bien que les compagnies de la ville aient été toutes contactées, aucun chauffeur ne s'était présenté.

La deuxième éventualité supposait le transport du cadavre jusqu'à Tanashi. Dans ce cas, il était hors de question d'envisager l'utilisation du train, du bus ou du taxi. Il restait la voiture privée, ou la complicité nécessaire d'un chauffeur de taxi puisque dissimuler le cadavre dans son véhicule à son insu était impossible. Aucune chance dans ce cas pour que le chauffeur se risque à venir témoigner au bureau de police !

Ensuite, la police reçut le résultat des analyses concernant la poussière de charbon relevée dans les poumons et le nez de la victime. Effectuées avec un microscope spécial dans le laboratoire du département universitaire de minéralogie, elles indiquaient un coefficient de réflexibilité de 6,70, un degré extrêmement élevé de carbonisation, qui désignait un charbon provenant des mines japonaises de Chikuho à Kita-Kyushu ou de Yubari en Hokkaido.

Autre point important, les alibis de Kawai, Muraoka et Hamazaki, entre le 12 au soir et le 13 au matin. Comme le policier chargé de leur vérification put confirmer que Muraoka avait bu dans un bar à Shibuya et passé la nuit chez un ami à Gotanda, celui-ci fut mis hors de cause. De leur côté, Kawai et Hamazaki étaient bien arrivés chez Yasu Suzuki vers 19 heures le 12 au soir, à Kodaira.

— Quoi ? Kodaira ! Vous avez dit Kodaira ? s'écrièrent à l'unisson le commissaire Ishimaru et son adjoint.

Pour une bonne raison, en effet, Kodaira se trouvant à la périphérie ouest de Tanashi, à deux kilomètres du lieu de la découverte du cadavre.

— Cette Yasu Suzuki, qui est-ce ?

Le policier leur expliqua qu'il s'agissait de la maîtresse de Koichi Kawai et que celui-ci passait quatre ou cinq nuits par mois chez elle. Dernièrement, il lui avait fait construire cette petite maison où ils se comportaient comme n'importe quel couple marié. Ils entretenaient même des relations amicales avec leurs voisins.

— Bizarre, bizarre, dit Hatanaka en inclinant la tête.

Il décida d'éplucher leur emploi du temps de cette nuit-là.

Convoqués au commissariat, Kawai, sa maîtresse Yasu Suzuki, qui paraissait avoir la trentaine, et Hamazaki répondirent aux questions des inspecteurs.

Leurs déclarations furent sommairement résumées comme suit :

Kawai et son collègue sont allés au cinéma à Shinjuku le 12 à 15 heures. Ils en sont sortis vers 18 heures. Dans l'anonymat d'une salle de cinéma obscure, personne ne les a remarqués.

A 19 heures, les deux hommes sont arrivés chez Yasu Suzuki à Kodaira. Comme il fait déjà nuit à cette heure-là, les habitants des maisons voisines ferment leurs volets de bonne heure, et le quartier désert est lugubre. Les enquêteurs n'ont pas trouvé de témoin.

Un peu après 19 heures, Kawai et Hamazaki sont ressortis pour aller écouter un concert de folk music à Tachikawa avec trois voisins. Kawai voulait les remercier de leur gentillesse envers Yasu. A la fin du concert, à 21 h 30, les cinq hommes ont pris un taxi qui les a déposés devant chez Yasu Suzuki un peu après 22 heures.

Kawai invite ses compagnons à venir prendre un verre chez lui et à déguster les plats délicieux qu'il a préparés à leur intention. Ils commencent par refuser puis, devant son insistance, finissent par céder. A 22 h 10, ils se séparent. Les trois voisins rentrent chez eux pour aller se changer. Kawai et Hamazaki pénètrent dans la maison de Yasu.

Vingt minutes plus tard, Kawai va lui-même chercher les trois hommes en insistant à nouveau sur le fait qu'il leur a confectionné un merveilleux repas. Ils les ramènent chez sa maîtresse où les attend un vrai festin. Les hommes se mettent à boire tous ensemble jusqu'à ce que Hamazaki s'excuse de devoir partir. Il quitte la maison à 23 heures.

Kawai et ses trois voisins continuent de boire et de se régaler jusqu'à 3 heures du matin. Finalement, ils passent la nuit sur place. Kawai dort avec Yasu dans la pièce voisine.

Quand les femmes viennent chercher leurs maris vers 7 heures du matin, Yasu les reçoit dans son kimono de nuit sur lequel elle a passé une veste molletonnée.

— Kawai dort encore, mais je vais le prévenir que vous êtes là, leur dit-elle en les priant d'attendre.

Malgré leurs vigoureux gestes de dénégation, elle va réveiller son amant qui apparaît sur le pas de la porte, le visage encore tout ensommeillé.

(Déclaration confirmée par les voisins et leurs femmes.)

5

Hamazaki quitte la maison à 23 heures.

Le commissaire Ishimaru et Hatanaka concentraient leur attention sur cette phrase. L'heure présumée de la mort remontait à la nuit du 12, entre 22 heures et minuit. Le cadavre avait été découvert à seulement deux kilomètres de chez Yasu Suzuki.

— Si c'était Hamazaki, l'homme du premier coup de téléphone ? demanda le commissaire Ishimaru à son adjoint.

— A tous les coups ! Il a appelé pour s'excuser de ne pas venir jouer au mah-jong, et c'est Tomoko Kotani qui est allée répondre à la place de son mari.

— J'ai du mal à croire que c'est Hamazaki. Examinons ça de plus près. Vous pouvez le convoquer ?

Yoshi Hamazaki, trente-trois ans, était un homme de petite taille au regard terne et au visage sans relief. Il avait une curieuse manière apathique de parler et ne semblait pas d'un niveau intellectuel très élevé.

Aux questions qu'on lui posa, il fit la déclaration suivante.

— J'ai bu un peu d'alcool chez Kawai, puis je suis parti en racontant que j'avais un travail à faire. En réalité, je voulais aller voir une fille que j'aime bien au bordel le Benten, dans le quartier des prostituées à Shinjuku Nichome. J'ai pris un train de la ligne Chuo, depuis Kokubunji jusqu'à Shinjuku. Il était 23 h 40 quand je suis arrivé au Benten. La fille s'appelle A. Nous avons passé la nuit ensemble, mais elle ne s'est pas montrée gentille avec moi, alors que nous ne nous étions pas vus depuis longtemps. Comme on s'est disputés, je suis parti brusquement vers 5 heures du matin. Je suis monté dans un train pour me rendre à Sendagaya où j'ai dormi sur le banc d'un jardin public pendant deux heures. Vers 8 heures, je suis rentré chez moi à Shibuya.

Quand un policier se rendit au Benten dans le quartier chaud de Shinjuku, A. vint lui confirmer les dires de son client.

— Pas commode, Hama ! Il était déboussolé par quelque chose, je ne sais pas, moi ! En tout cas, il a déguerpi vers 5 heures du matin, il faisait encore nuit noire !

La suite démontra que l'enquêteur avait omis ce jour-là de poser une question primordiale.

Récapitulons les déplacements de Hamazaki :

Il quitte la maison de Yasu à Kodaira à 23 heures et arrive au Benten à Shinjuku quarante minutes plus tard. D'où, raisonnablement, l'impossibilité matérielle pour lui d'aller tuer Tomoko à Tanashi, à deux kilomètres de Kodaira. Au Benten à nouveau, l'impossibilité matérielle, puisqu'il est avec A., de s'esquiver avant le lendemain matin.

— Si je comprends bien, il a ce que l'on appelle un alibi « en béton », dit le commissaire.

— On dirait, oui, répondit Hatanaka sans empressement.

— Mais la victime a été étranglée par quelqu'un de son entourage, n'est-ce pas ?

En effet, seul un intime pouvait téléphoner. Ce qui expliquait pourquoi elle avait fait docilement tout ce chemin de Sasugaya à Tanashi.

— Mais bon sang ! Où donc ce crime a-t-il été commis ? marmonna l'officier de police en se rongeant les ongles.

Hatanaka, se souvenant de ce qui avait été dit sur la poussière de charbon, eut soudain une idée.

— Patron, je peux faire des recherches sur les usines de dépôt de charbon de la ville ?

— Accordé ! lança immédiatement Ishimaru.

Lui non plus n'avait pas oublié ce charbon dans les narines et les poumons de la victime. Pourtant, il était conscient que passer en revue tous les dépôts de charbon de la ville dont il ignorait le nombre prendrait énormément de temps et d'énergie. Doutant qu'il puisse rester des traces susceptibles d'aider à trouver la clé de l'énigme et apporter la preuve que le meurtre avait effectivement été commis dans un dépôt de charbon, il décida cependant de tenter l'expérience.

Comme il le pressentait, les inspecteurs de la brigade criminelle entreprirent en vain des recherches pendant trois jours. Le commissaire Ishimaru avait l'impression d'être devant une montagne infranchissable, quand tomba une nouvelle inespérée. L'expression un « don du ciel » fait peut-être vieux jeu, mais c'est exactement ce qu'il ressentit.

Le matin du 13, un sac avait été remis à un poste de police de Tabata. A l'intérieur ne s'y trouvait aucune carte de visite. Uniquement des mouchoirs, du maquillage et un porte-monnaie de femme en batik contenant 780 yen en espèces. C'était un sac noir, rectangulaire, en daim. La petite fille qui l'avait apporté expliqua l'avoir trouvé près du dépôt de charbon des locomotives de Tabata. N'ayant pas un instant imaginé qu'il pût y avoir une relation quelconque avec cette affaire, l'agent de police de Tabata n'avait pas cru bon d'envoyer un rapport au commissariat principal. C'est un inspecteur de la brigade criminelle qui en entendit parler lorsqu'il s'arrêta à ce poste.

Quand Ishimaru reçut le sac en question, il le montra à Shigeo Kotani. Sans hésiter, celui-ci confirma qu'il appartenait bien à sa femme.

— Votre femme avait-elle des liens avec le quartier de Tanashi ?

— Non, ça ne me dit rien, dit Shigeo surpris.

Il accompagna le commissaire et son adjoint au dépôt de charbon de Tabata où les attendait la petite fille que l'on avait convoquée avec sa mère.

— Où, exactement, as-tu trouvé le sac ? lui demanda Hatanaka.

L'enfant lui montra l'endroit.

A gauche des nombreuses voies ferrées utilisées pour les manœuvres d'aiguillage se dressait une grue gigantesque. A sa base s'élevait une montagne de charbon destinée aux locomotives, dont les côtés s'étaient légèrement affaissés. Des morceaux de charbon se répandaient jusqu'à une palissade de bois, parallèle à une ligne hors service toute rouillée longeant la route qu'avait empruntée la jeune élève. Le sac était tombé dans cet espace, entre la ligne hors service et la palissade où s'amoncelaient plusieurs petits monticules ayant la forme de morceaux de charbon.

6

Postés au pied de la grue, le commissaire Ishimaru et Hatanaka regardaient cette montagne que le conducteur était en train de démolir en jetant le charbon dans des wagons.

Sur leur droite, le mouvement ininterrompu des locomotives se poursuivait dans un fracas assourdissant de grincements de roues et sifflements de trains, auquel se mêlait le ronronnement des transformateurs qui alimentaient en électricité les lignes de chemin de fer.

A gauche de la voie hors service, une rangée d'entrepôts bordait une piste où, dans le vacarme habituel d'une gare, circulaient les camions dans un va-et-vient incessant.

— Chef, en pleine nuit, il y a de fortes chances pour que l'endroit soit complètement désert et calme.

— Oui, oui, j'étais justement en train de penser la même chose.

A l'heure du crime, entre 22 heures et minuit, la gare devait être plongée dans un silence sinistre et effrayant. Comment le meurtrier avait-il pu conduire sa victime ici sans difficulté ?

Car, apparemment, Tomoko Kotani avait tout accepté sans montrer un seul signe de résistance. Le coup de téléphone à l'épicerie... le rendez-vous à Sasugaya... et maintenant ce dépôt de charbon lugubre en pleine nuit... Rien n'indiquait qu'elle se fût défendue en route. Elle semblait l'avoir suivi sans arrière-pensée. A partir du moment où le meurtrier l'avait contactée, elle l'avait accompagné pendant sept ou huit heures. Ce qui tendait à prouver que la jeune femme lui faisait totalement confiance.

Le commissaire se mit à tourner autour du point précis où le sac avait été découvert. Soudain, il s'arrêta net.

— Hatanaka, regardez-moi ça.

Du doigt, il montrait un tas de charbon dépassant de la palissade de bois qui semblait avoir été aplati par quelque chose.

— Cinq jours ont passé depuis le meurtre. Probablement la forme originale était-elle différente.

La suite vint donner une réponse à son observation. Il se rendit au bureau qui se trouvait sur la gauche, à l'extrémité des dépôts de la gare. Quand il entra, les trois employés en train de discuter se retournèrent vers lui en même temps.

— Brigade criminelle, commissaire Ishimaru ! leur dit-il en tendant sa carte de visite.

— Le matin du 13, avez-vous remarqué quelque chose de particulier... des traces de lutte par exemple ?

A ces mots, l'un d'eux sursauta.

— Oh ! En effet, maintenant que vous en parlez... je

pense qu'il s'agit de ce matin-là... quand nous sommes arrivés à notre travail à 8 h 30, il y avait de la terre et du charbon éparpillés partout à un endroit.

L'endroit auquel il faisait allusion correspondait justement au secteur qu'indiquait le commissaire autour de la palissade.

L'homme expliqua l'état dans lequel il l'avait trouvé.

— On aurait cru qu'un couple s'était ébattu. Mon collègue s'est senti gêné et furieux, alors, il a remis en place la terre et le charbon dispersés avec un balai, afin d'effacer les traces.

L'officier de police se dit intérieurement qu'il se serait bien passé d'une telle bonne volonté mais puisqu'il était trop tard, il devrait se contenter de la description de A.

De retour à sa voiture, il s'approcha de la petite fille restée à l'écart avec sa mère. Ayant tout à coup une idée, il lui caressa la tête.

— Dis donc, mignonne, le sac, quand tu l'as trouvé, il était mouillé ?

La petite fille leva les yeux et prit un temps de réflexion avant de répondre, sûre d'elle :

— Non, il ne l'était pas.

— Réfléchis bien. Tu es certaine qu'il n'était pas mouillé ?

— Oui, je l'ai porté dans mes deux bras à l'agent.

Elle voulait dire par là que si elle avait pu le tenir de cette manière, c'était justement parce qu'il n'était pas trempé.

Le commissaire reprit place dans la voiture.

— Conduisez-nous jusqu'à Tanashi par le chemin le plus rapide, demanda le commissaire au chauffeur.

Celui-ci se concentra quelques minutes puis tourna le volant. Le commissaire regarda l'heure sur sa montre.

Tandis que la voiture roulait, il jetait un regard distrait sur le paysage qui défilait.

— Bien, maintenant, annonça-t-il, nous connaissons le lieu du crime : Tabata.

— C'est définitif ? demanda Hatanaka. Bien que du même avis que son chef, il désirait se faire apporter plus de précisions.

Son supérieur sortit de sa poche une enveloppe gonflée et lui en montra le contenu. A l'insu de tous, le commissaire avait recueilli de la poussière et des morceaux de charbon du dépôt.

— Voici ce qui va être décisif, dit-il en esquissant un sourire.

En attaquant par Komagome, le chauffeur passa par Sugamo, Ikebukuro, Mejiro puis, avenue Showa, tourna à gauche, traversa le carrefour Ogikubo, avant de s'engouffrer finalement sur l'autoroute Ome. La voiture avait zigzagué d'une rue à l'autre et filait maintenant vers l'ouest en ligne droite sur cette large route. Le chauffeur roulait à la vitesse maximale autorisée. Lorsque le commissaire Ishimaru jeta un coup d'œil sur le compteur kilométrique, l'aiguille indiquait cinquante kilomètres à l'heure.

Une fois arrivés à Tanashi, il fit arrêter la voiture à l'endroit exact où gisait alors le corps dans le bosquet.

— Depuis Tabata, nous avons mis exactement cinquante-six minutes. De nuit, un taxi ou une moto peuvent aller jusqu'à soixante kilomètres à l'heure. Ce qui donne quarante-cinq minutes. C'est impossible de faire moins.

Il avait calculé le temps nécessaire pour transporter le corps de Tabata à Tanashi.

Hatanaka et son supérieur descendirent de voiture, contents de pouvoir se détendre. Ils s'étirèrent en respirant à pleins poumons l'air vivifiant des plaines de Musashi.

7

Au commissariat, Ishimaru ordonna deux types de recherches.

La première étant de demander au centre de météorologie de Chuo de leur communiquer les heures de l'averse du 13 au matin, dans la région de Tanashi.

La deuxième, de faire effectuer par le département universitaire de minéralogie l'analyse chimique des morceaux de charbon récoltés dans l'enveloppe.

Puis le commissaire se mit à réfléchir en fumant une cigarette. Ensuite, il posa une feuille de papier sur son bureau et commença à écrire au stylo. Devant l'air absorbé de son supérieur, Hatanaka, qui s'apprêtait à entrer, s'arrêta sur le pas de la porte.

— Oh ! Excusez-moi, je vous dérange ?

— Non, non, entrez, répondit-il, sans pour autant s'arrêter d'écrire.

Hatanaka s'empara d'une chaise à côté de lui et s'assit.

— Patron, nous n'en avons pas encore discuté, mais quel est le mobile du crime, d'après vous ?

— A votre avis ?

Ishimaru n'avait toujours pas interrompu le mouvement de son stylo.

— Ce n'est pas un crime crapuleux, n'est-ce pas ?

— Je n'ai pas l'impression, non.

— Ce qui nous laisse donc une affaire de mœurs ou bien une histoire de vengeance. Mais les investigations menées dans ce sens n'ont pas abouti. La jeune femme travaillait comme standardiste dans un journal avant son mariage avec Kotani. Nous avons même fouillé dans son passé et ne lui avons trouvé aucun petit ami. Cette femme sérieuse et discrète avait une excellente réputation. Comment imaginer que quelqu'un lui ait voulu du mal au point de la tuer ? De plus, il me paraît impensable que le meurtrier puisse se trouver parmi son entourage. Je suis complètement perdu.

— Moi aussi.

Le commissaire releva la tête pour la première fois. Parce qu'il avait fini d'écrire plutôt que pour émettre une opinion.

— Bon sang ! Puisqu'il n'y a pas moyen de découvrir le mobile, essayons de tirer l'affaire au clair en étudiant les faits. Tenez ! Jetez un coup d'œil.

Et il donna à Hatanaka la feuille qu'il venait de remplir.

C'était le récapitulatif de tous les faits et gestes des personnes impliquées dans cette affaire.

1. *Tomoko Kotani*

Le 12 vers 16 heures, elle est appelée au téléphone à l'épicerie. Elle part tout de suite après, pour Sasugaya selon toute vraisemblance, suivant les indications de son correspondant. Quatorze heures plus tard, le matin du 13 à 6 h 30, on trouve son cadavre. D'après l'autopsie, l'heure présumée du crime se situe entre 22 heures et minuit.

En supposant que le crime ait été commis au dépôt de charbon de Tabata, voici ci-joints ses faits et gestes présumés pendant cet intervalle de quatorze heures :

– 16 h 30 : elle sort de chez elle. 17 heures : arrive à la station de Sasugaya.

– Les cinq ou sept heures suivantes : on ignore où elle se trouve.

– Entre 22 heures et minuit : étranglée à Tabata.

– Les heures suivantes : inexpliquées elles aussi. Quelqu'un déplace et transporte le corps.

– Le 13 à 6 h 30 : découverte du cadavre à Tanashi.

2. *Koichi Kawai*

– Le 12, de 15 heures à 18 heures : cinéma à Shinjuku avec Yoshi Hamazaki (pas de troisième témoin).

– Entre 18 heures et 19 heures : sortie du cinéma. Va avec Hamazaki chez sa maîtresse Yasu Suzuki à Kodaira (pas d'autre témoin que Suzuki).

– A partir de 19 h 30 : avec trois voisins plus Hamazaki, va au concert (folk music) à Tachikawa.

– Fin du concert à 21 h 30. Rentrent tous ensemble à la maison de Suzuki dans le quartier de Tanashi.

– Ils se séparent à 22 h 10 avec intention pour Kawai de les inviter tous les trois chez lui (témoignage des trois voisins).

– *Pendant un intervalle de vingt minutes* : seul chez lui avec Yasu Suzuki et Hamazaki (pas de témoin en dehors de Hamazaki et Yasu).

– 22 h 30 : Kawai va chercher ses trois voisins.

– Vers 22 h 50 : il revient avec eux chez Yasu (témoignage des trois voisins).

– Jusqu'à 3 heures du matin : ils boivent ensemble puis il les invite à dormir chez lui. Passe la nuit avec Yasu dans la pièce d'à côté (témoignage des trois voisins).

– Jusqu'à 7 h 30 : il dort. Heure à laquelle apparaissent les femmes des trois voisins chez Yasu.

3. *Yoshio Hamazaki*

– Le 12, de 15 heures à 18 heures : au cinéma avec Koichi Kawai (pas de troisième témoin).

– Ensuite : mêmes mouvements que Kawai.

– A 23 heures : sort de chez Yasu Suzuki (témoignage des trois voisins). Prend le train.

– A 23 h 40, arrive au bordel le Benten de Shinjuku ; demande A.

– Le 13 au matin, juste après 5 heures, se dispute avec elle, quitte brusquement le Benten (déclaration de A.).

– Jusqu'à 8 heures, pendant environ deux heures, dort sur un banc au parc Gaien (pas de témoin).

4. *Akiharu Muraoka* et *Shigeo Kotani* : alibis irréfutables. Hors de cause.

— Un drôle de casse-tête, hein ? dit le commissaire à son adjoint.

— Oui, mais – et il pointa son doigt sur les mots *pendant vingt minutes* soulignés du résumé –, je commence à comprendre. Pour quelle raison avez-vous souligné ces vingt minutes ?

— Parce que pendant ces vingt minutes, Kawai et Hamazaki ont tous les deux un trou dans leur alibi. Ils sont restés seuls avec Suzuki, et comme elle est la maîtresse de Kawai, son témoignage ne compte pas.

En effet, personne d'autre que cette femme n'avait vu les deux hommes entre 22 h 10 (lorsque de retour de concert, les voisins étaient rentrés chez eux) et 22 h 30 (quand Kawai répéta son invitation). Ces vingt minutes s'inséraient dans l'espace de temps durant lequel la victime avait été étranglée.

— En tout cas, il est clair que le crime a été commis au dépôt de charbon des locomotives de Tabata. La poussière de charbon dans le nez et les poumons – que la victime a certainement inhalée juste avant sa mort – doit être de même nature que celle du charbon du dépôt. Le résultat de l'analyse nous le confirmera.

Dans ces conditions, malgré un trou de vingt minutes, Kawai et Hamazaki n'ont eu en aucune façon la possibilité matérielle de faire l'aller-retour Kodaira-Tabata.

La voiture de police a parcouru en cinquante-six minutes cette distance de quarante-cinq kilomètres comprise entre Kodaira et Tabata. Pour faire l'aller-retour, soit quatre-vingt-dix kilomètres, cela prendrait une heure vingt en roulant à la vitesse maximale. Sans oublier d'ajouter le temps requis pour tuer la femme. Par conséquent, ils se trouvaient réellement à Kodaira. C'est indéniable. Ces vingt minutes ne prouvent rien du tout.

8

Le résultat des recherches parvint au service du commissaire Ishimaru.

La première, l'analyse chimique, révéla que le charbon présent dans la trachée-artère de la victime et celui récolté à Tabata étaient de même origine. Ils provenaient des mines de Chikuho en Kyushu, comme l'apprirent les inspecteurs au dépôt.

— Ce qui vient confirmer que Tabata est bien le lieu du crime.

En dépit de ces résultats, le commissaire ne semblait pas très enthousiaste.

Hatanaka comprenait ce qu'il ressentait. Admettre que le lieu du crime fût Tabata disculpait Kawai et Hamazaki sur qui portaient les soupçons. L'affaire se compliquait. Ces mystérieuses vingt minutes étaient dépourvues de sens. Quelqu'un d'autre avait donc étranglé Tomoko Kotani avant d'aller abandonner son corps à Tanashi, sans s'apercevoir que son sac à main restait derrière, à Tabata. C'était la seule explication logique possible.

La deuxième, le bulletin d'hygrométrie du centre de météorologie de Chuo, indiquait que l'averse était tombée à Tanashi entre 3 heures et 4 h 50, le matin du 13 octobre.

— Hatanaka, tout est là ! s'exclama le commissaire Ishimaru en lui montrant les heures de pluie. *Voilà* la clé !

— La clé ? répéta Hatanaka, déconcerté par les paroles de son chef.

— Souvenez-vous... La petite fille a déclaré que le sac n'était pas mouillé quand elle l'a trouvé vers 8 heures. Ce qui a été confirmé par l'agent qui l'a réceptionné. C'est bizarre, vous ne croyez pas ? Car normalement, le sac est resté sous la pluie pendant plus de deux heures. Comment se fait-il qu'il n'était même pas humide ?

— Il a dû glisser du bras de la victime au moment où son agresseur l'étranglait. Mais la pluie a commencé à tomber à 3 heures pile.

Hatanaka également se posait la question : pourquoi le sac était-il sec ?

— Quelqu'un aurait jeté là le sac après l'averse, c'est-à-dire après 5 heures. Ça ne tient pas debout !

— Je suis d'accord avec vous. Mais c'est pourtant ce qui s'est passé.

— La femme a été tuée entre 22 heures et minuit. Pourquoi avoir déposé le sac sur le lieu du crime après 5 heures ? Cela dépasse l'entendement.

— Oui, mais on ne peut nier les faits. Il nous faut résoudre cette contradiction entre la logique et la réalité.

— Notre façon de raisonner a dû faire fausse route quelque part.

Où donc, en effet ? Pour le commissaire Ishimaru non plus, ce n'était pas clair.

C'était une réalité qu'entre 22 heures et minuit la victime avait été tuée dans le dépôt de charbon de Tabata.

Une réalité qu'à cette heure-là, Kawai était avec sa maîtresse dans sa maison de Kodaira.

Une réalité que Hamazaki avait pris le train après avoir quitté le domicile de Yasu Suzuki, pour aller passer la nuit à Shinjuku avec une prostituée.

C'était aussi une réalité que le sac de la victime avait été abandonné sur le site de Tabata après 5 heures du matin.

Ces réalités ne s'imbriquaient pas ensemble, mais se trouvaient dissociées les unes des autres comme les roues dentées d'un engrenage détraqué qui ne s'emboîteraient pas les unes dans les autres.

— Peut-être sont-elles dissociées, mais elles ont l'avantage d'exister. L'histoire du sac en particulier renferme la clé de l'énigme, en raison de son aspect tellement inattendu. Mais pour l'instant, c'est un tel embrouillamini que je nage complètement. Je n'y comprends vraiment rien.

A ce moment-là, un jeune inspecteur demanda s'il pouvait entrer dans le bureau du commissaire.

Sur le signe de tête afffirmatif de son supérieur, il s'approcha de la table et leur fit son rapport.

— Nous avons mené notre enquête auprès des voisins de Yasu Suzuki. Elle est pour ainsi dire la deuxième femme de Kawai et ne travaille pas. Homme sociable, Kawai a bonne réputation. La nuit du crime, ils n'ont rien remarqué de spécial venant corroborer les déclarations de Kawai. Si ce n'est un détail dont j'ignore s'il peut vous être d'une quelconque utilité.

— Dites toujours !

— La maison de Yasu Suzuki se trouve relativement loin de celles de ses voisins. Dans le quartier, d'ailleurs, les constructions sont en général séparées d'environ cinquante mètres. Le 12, vers 19 heures, Yasu est allée emprunter un éventail chez son voisin de droite.

— Un éventail, en plein mois d'octobre ! s'écrièrent en chœur le commissaire Ishimaru et Hatanaka en échangeant un regard.

Une curieuse idée qui pouvait avoir une explication plausible.

— C'était bien un éventail, mais de celui dont on se sert quand on fait la cuisine. Dans ce cas, c'eût été normal. Mais Yasu Suzuki possède un réchaud à pétrole qui ne nécessite pas l'utilisation de ce genre d'article. Ce qui explique pourquoi elle n'en avait pas en réserve. Autre chose : elle en a rendu un neuf à ses voisins, qu'elle a acheté, a-t-elle expliqué, parce que le leur était abîmé. A leur grand étonnement, car ils lui en avaient prêté un en bon état. Peut-être n'existe-t-il aucun rapport avec le meurtre, mais on ne sait jamais.

Après le départ du jeune inspecteur, les regards du commissaire Ishimaru et de son adjoint se croisèrent à nouveau. Eux non plus ne pouvaient pour l'instant juger si l'éventail représentait un indice supplémentaire dans le déroulement de leur enquête.

9

Ce soir-là, Hatanaka fut rappelé au bureau de son supérieur. Dès qu'il l'aperçut, celui-ci ne put réprimer son excitation.

— Hatanaka, je vous avais bien dit que le sac était la clé de toute l'affaire ! Qu'il y avait là quelque chose à creuser.

— Que voulez-vous dire ?

— Regardez !

Le commissaire lui montra les notes qu'il avait écrites sous le paragraphe concernant Hamazaki.

— A 5 heures du matin, le 13, il se dispute avec la fille et quitte brusquement le Benten. (Déclaration de A.)

— Oui.

— Le sac a été abandonné après 5 heures, alors que la pluie avait cessé. Vous me suivez ? Pour la première fois, deux roues s'emboîtent convenablement : *à 5 heures*, déclara le commissaire fier de lui et de sa découverte.

Et de poursuivre :

— Car même en train, pour se rendre de Shinjuku à Tabata, il ne faut pas plus de vingt minutes. Il a quitté le bordel à 5 heures, est arrivé au dépôt de charbon vers 5 h 30 et y a déposé le sac avant de rentrer chez lui.

— Quoi, ce serait Hamazaki, le responsable du sac à Tabata ?

— Oui. D'autre part, Hamazaki dit avoir fini sa nuit sur un banc de jardin public, sans pouvoir en fournir la preuve. Eh bien... nous allons vérifier si sa culpabilité correspond à la réalité. Faites à nouveau interroger A., la prostituée.

Un inspecteur fut dépêché sur-le-champ à Shinjuku. Quand celui-ci revint, le commissaire Ishimaru ne tenait plus en place.

D'un air entendu et réjoui, il écouta le rapport du policier.

— La nuit où Hamazaki est allé au Benten, il avait avec lui un petit paquet enveloppé dans du papier journal, de la forme d'une boîte de *bento.* A. lui en a demandé la signification, sans obtenir de réponse. Elle n'a pas insisté, pensant que ses questions finiraient par se retourner contre elle.

— Si seulement l'inspecteur qui a interrogé A. la première fois nous avait mis au courant de ce paquet ! Il a commis une faute professionnelle impardonnable qu'un débutant n'aurait pas faite. Oublier de se renseigner sur les objets que notre homme avait avec lui ! Comment a-t-il pu ? se lamenta le commissaire.

— Appelez tout de suite Hamazaki. Demandez-lui quel était le contenu de son paquet, ordonna-t-il.

Hatanaka convoqua Hamazaki au commissariat principal. Il nia l'existence du paquet.

— Je n'ai jamais rien apporté de tel ! La fille raconte des histoires.

Les narines dilatées par la colère, il feignait de ne pas comprendre.

— Dis donc, ce n'est pas à moi de te l'apprendre, mais au cas où tu ne le saurais pas, c'est le sac de la victime ! gronda Hatanaka.

Hamazaki tourna vers lui ses yeux pâles et sans éclat.

— C'est pas une blague ? Pourquoi j'aurais ce sac ? Vous êtes en train de me dire que je l'ai piqué !

— Je vais te dire où tu es allé après le bordel à 5 heures du matin, poursuivit Hatanaka avec obstination. Tu es allé à Tabata et tu y as laissé le sac avant de rentrer chez toi, l'air de rien !

— Ça va pas, non ! Vous pouvez dire n'importe quoi, je ne sais rien.

Mais saisi d'un tremblement qu'il ne put contrôler, il blêmit, ses yeux mornes et vides de toute expression fuyant le regard investigateur de l'inspecteur.

Hatanaka scruta son visage avant de déclarer, péremptoire :

— Chef ! C'est Hamazaki qui a laissé le sac là-bas. Il joue l'innocent, mais je pense que c'est lui le coupable.

— Bien, bien... Qu'avez-vous décidé ?

— Pour l'instant, je ne peux l'inculper que pour vol.

Satisfait, le commissaire fit un signe de tête approbateur, mais répliqua :

— Nous ignorons cependant où Hamazaki a dérobé le sac de la victime. Et tant que nous n'aurons pas éclairci ce point, nous ne possédons aucune preuve. Nous n'avons donc pas le droit de le retenir.

— C'est vrai, je n'en ai pas la moindre idée. A l'heure du crime, il se trouvait à Kodaira chez Yasu. Il est parti de chez elle à 23 heures pour arriver au Benten à 23 h 45. Cela correspond exactement au temps que l'on met pour s'y rendre en train. Il n'a pas pu attirer la femme à Tabata et la tuer. Une réalité encore dissociée des autres réalités.

— Mais enfin, qui a transporté le corps à Tanashi ? Et pourquoi ? Pourquoi, ensuite, Hamazaki avec ce sac, à Tabata ? C'est une histoire de fou ! Toutes les roues de l'engrenage ne s'imbriquent pas encore les unes dans les autres, n'est-ce pas ?

Le commissaire se mit à rire en entendant la métaphore employée par son adjoint.

— Mais dans quel but étrangler la victime à Tabata, pour ensuite traîner son cadavre jusqu'à Tanashi ? Je ne comprends toujours pas cette manœuvre.

— Parce que la découverte du crime à Tabata aurait nui à l'assassin. Le stratagème qui consiste à tuer dans un lieu X pour abandonner le cadavre dans un lieu Y laisse deviner la psychologie du meurtrier.

— Mais pourquoi avoir déposé volontairement ce sac à Tabata, réduisant à néant sa volonté de brouiller les pistes ?

Le raisonnement de Hatanaka avait abouti à faire inconsciemment de Hamazaki un rouage de la machine.

Le commissaire Ishimaru ne le contredit pas, car sa pensée avait suivi le même cheminement sans le savoir. Le cerveau des deux hommes avaient tracé de manière automatique le contour du meurtrier.

— On approche...

Le commissaire se prit la tête entre les mains.

Si l'on mettait de côté la supercherie du sac, c'était un fait admis que Tomoko Kotani avait été tuée au dépôt de charbon des locomotives de Tabata, fait prouvé par la présence de poussière de charbon retrouvée dans ses narines et ses poumons.

Un fait aussi que Kawai était à Kodaira chez sa maîtresse à l'heure de la mort – ce fut confirmé par les voisins – en dépit de ces vingt minutes obscures durant lesquelles, toutefois, il était absolument impossible de faire l'aller-retour Kodaira-Tabata. Malgré cette contradiction, la face osseuse et les yeux fendus de Kawai prenaient les traits du meurtrier dans l'esprit du commissaire Ishimaru et de son adjoint Hatanaka.

Hatanaka rentra chez lui, épuisé.

Il avait récemment fait installer une baignoire acquise grâce à sa prime d'été. Un très vieux rêve enfin réalisé.

Il était 23 heures. Sa famille avait déjà pris son bain.

— Ouh ! c'est trop tiède, dit-il à sa femme en se plongeant dans l'eau.

Elle fit brûler du charbon sous la baignoire. Les flammes rouges incandescentes se reflétèrent dans la petite pièce sombre.

Ce qui l'amena à penser au charbon... à la poussière de charbon dans la trachée-artère de la victime... au charbon du dépôt... à la poussière et aux morceaux de charbon de Tabata recueillis par son chef dans une enveloppe...

L'eau réchauffée était maintenant brûlante. Hatanaka, immergé jusqu'aux épaules et immobile, réfléchissait. Il essayait de se concentrer sur une idée qui lui échappait, et malgré ses efforts il perdit le fil de sa pensée.

— La température te convient, maintenant ? s'enquit sa femme.

— Mmm, mmm..., murmura-t-il.

Il sortit du bain pour se savonner et se replongea dans l'eau, l'esprit ailleurs... avec le charbon de l'enveloppe.

Soudain jaillit un éclair !

Le charbon pouvait *même* se transporter dans une enveloppe !

Hatanaka sauta hors de la baignoire et, sans prendre le temps de s'essuyer convenablement, réclama ses vêtements à son épouse.

— Quoi, tu sors à cette heure ?

— Je vais chez mon patron.

Après s'être habillé à la va-vite, il partit appeler Ishimaru du téléphone rouge situé au coin de la rue. Son cœur battait la chamade. Ce fut le commissaire en personne qui lui répondit.

— Que se passe-t-il ?

— J'ai élucidé l'affaire, chef ! Je viens vous expliquer... j'arrive, je suis en route !

Une fois qu'il eut raccroché, son excitation se calma un peu. Sa montre indiquait un peu plus de 23 heures. Il héla un taxi.

Le commissaire avait allumé les lumières de son salon et l'attendait. Sa femme leur servit un café et resta en retrait.

— Qu'est-ce que vous avez compris ?

Intrigué par l'air survolté de Hatanaka, Ishimaru se pencha en avant.

— Le déclic, c'est cette enveloppe dans laquelle vous avez mis du charbon, commença Hatanaka.

— L'enveloppe ?

— Vous êtes revenu du dépôt de Tabata avec une enveloppe contenant des morceaux de charbon pour les faire analyser, n'est-ce pas ? Eh bien, le meurtrier a agi de la même façon. Il a lui aussi ramassé là-bas des morceaux de charbon dans une grande enveloppe, ou quelque chose comme ça, qu'il a conservés. Juste avant de tuer sa victime, dans une petite pièce je suppose, il lui a fait respirer ce charbon en grande quantité. D'où l'éventail. Car il a obligé la femme à respirer l'air qu'il avait pollué en dispersant la poussière de charbon à l'aide dudit éventail.

C'était comme si la scène se déroulait devant ses yeux : l'éventail s'agitant bruyamment sous le nez de Tomoko... la poussière de charbon voletant dans tous les sens comme de la cendre... Tomoko suffoquant de douleur et maintenue par quelqu'un, forcée de s'emplir les poumons de charbon...

Comme l'article avait été noirci par le charbon, ils en avaient acheté un neuf le lendemain afin d'effacer toute trace pouvant les dénoncer.

— Pourquoi ce stratagème au dépôt de Tabata ? marmonna le chef.

— Le meurtrier avait tout prévu. Il savait qu'une autopsie serait pratiquée sur le corps et qu'elle révélerait de la poussière de charbon dans les poumons. Son intention est claire : il voulait faire croire que la victime l'avait respiré elle-même. Personne n'irait imaginer une intervention extérieure. De plus, il n'ignorait pas qu'une analyse chimique indiquerait que ce charbon provenait de Tabata. Une machination imparable dans le but de convaincre la police que le crime avait eu lieu au dépôt.

— Et pourquoi laisser ce sac à Tabata ?

— Avec ce geste, le meurtrier cherchait à convaincre doublement les policiers que le meurtre s'était bien commis là-bas. Sinon, à quoi bon tous ses efforts pour introduire de force du charbon dans les bronches de la victime ?

— Se fabriquer un alibi, c'était donc ce que cherchait le meurtrier ?

— Exactement. Il voulait mettre en avant l'impossibilité d'effectuer l'aller-retour Kodaira-Tabata en vingt minutes. La voiture la plus rapide mettrait une heure trente, une heure vingt au grand minimum. Le trou des vingt minutes pouvait s'insérer dans l'ensemble d'un alibi...

— Vingt minutes ? Ah oui ! Quand Kawai a quitté ses voisins à 22 h 10 pour aller les rechercher à 22 h 30, se souvint automatiquement le commissaire. Nous y sommes. Il est resté chez Yasu Suzuki et a probablement tué pendant cet intervalle. Tomoko Kotani aurait-elle été amenée chez Yasu ?

— Exact. Il l'a appelée pour lui fixer un rendez-vous à Sasugaya. Sans doute sont-ils allés ensemble à Suidobashi avant de prendre le train de la ligne Chuo jusqu'à Kokubunji. Comme vous le savez, les maisons voisines de chez Yasu sont assez éloignées les unes des autres, et personne ne l'aura entendue crier. La jeune femme est arrivée avec Kawai vers 19 heures et y a été emprisonnée. Comme Kawai devait se créer un alibi, il est parti un peu après 19 heures écouter de la folk music avec ses voisins à Tachikawa. Le concert s'est terminé à 21 h 30. Ils se sont séparés devant chez Yasu à 22 h 10. Puis il a dû se dépêcher pour tuer Tomoko à toute vitesse, de la manière que l'on connaît. Avant d'être étranglée, elle a respiré le charbon. Les meurtriers sont donc au nombre de trois : Kawai, Hamazaki et Yasu. Le crime a eu lieu à l'intérieur de la maison de

Yasu, dans un cagibi probablement. Ensuite, vers 22 h 30, Kawai est allé chercher ses voisins pour les inviter.

Après un bref instant de réflexion, le commissaire approuva la thèse de son adjoint, qui continua :

— Ils sont revenus et se sont mis à boire tous ensemble chez Yasu. Hamazaki, ayant pour tâche d'aller jeter le sac à Tabata, est parti vers 23 heures ; Kawai, lui, a continué de boire avec ses amis jusqu'à 3 heures du matin.

— A quel moment a-t-il apporté le corps à Tanashi ?

— A 3 h 30, ses invités dormaient à poings fermés. Kawai et Yasu également, dans la pièce voisine. Soi-disant, car après s'être assurés de leur sommeil de plomb embrumé par les vapeurs d'alcool, ils ont sorti le corps dissimulé dans le cagibi ou le placard et sont allés l'abandonner à deux kilomètres de là, à l'ouest de Tanashi.

— A deux kilomètres de là ? Le commissaire interrogea Hatanaka du regard. En voiture, n'est-ce pas ?

— Non, non... Une voiture eût laissé des marques. Pour un homme de robuste constitution comme Kawai, porter sur son dos le corps frêle de la jeune femme n'était rien. Il devait plutôt craindre de rencontrer quelqu'un. Mais entre 3 h 30 et 4 h 30 du matin, il n'y a personne dans cette zone rurale. Ils ont traîné le cadavre dans un bosquet, puis sont rentrés à pied chez Yasu, vers 5 heures, je pense. Lorsque les épouses sont venues chercher leurs maris, il se frottait les yeux comme quelqu'un ayant dormi tout son soûl.

— Quel homme ! s'exclama le chef.

— J'ai été adroitement manipulé moi aussi, l'esprit détourné par cette distance de Kodaira à Tabata. Demain, à la première heure, nous irons faire une perquisition chez Yasu pour vérifier si ma version tient la route. J'imagine qu'ils ont nettoyé de fond en comble la maison afin d'effacer toutes les traces, mais il suffit d'un ou deux tout petits morceaux de charbon dans un coin pour nous fournir « la » preuve.

— Quel homme ! répéta le chef.

— Kawai ? C'est un type intelligent.

— Non, vous, qui avez réussi à démasquer son plan !

Dix jours plus tard, Kawai passait aux aveux. La théorie de Hatanaka sur le meurtre de Tomoko correspondait bien à la réalité.

Quant au mobile, resté jusque-là un mystère absolu pour la brigade criminelle, l'inculpé leur apporta cette explication inédite.

— Il y a trois ans, Hamazaki et moi avons tué l'épouse d'un directeur de société, à Setagaya. La femme s'était mise à crier alors que nous étions en train de cambrioler sa maison. Nous l'avons étranglée. Juste à ce moment-là a retenti la sonnerie du téléphone. Déjà sous le choc d'avoir tué quelqu'un, ce bruit en pleine nuit nous a frappés de stupeur. C'est Hamazaki qui a décroché, mais à notre soulagement le correspondant semblait s'être trompé de numéro. Hamazaki aurait dû écourter au plus vite la communication, pourtant il a continué en disant quelque chose dans le style : « Ici, c'est le crématorium. » Comme il voulait poursuivre la plaisanterie, je suis intervenu pour couper précipitamment la ligne, persuadé qu'un jour ou l'autre cet incident nous jouerait un tour. L'interlocutrice était standardiste dans un journal, et la presse de l'époque a publié des articles sous de gros titres accrocheurs, disant qu'elle avait intercepté la voix de l'assassin. Je ne peux pas comprendre une telle inconscience de la part de Hamazaki. Trois ans plus tard, il fait de nouveau preuve d'une totale inconscience en faisant réentendre sa voix, et à la même opératrice ! Qui plus est, la femme de Shigeo Kotani, notre nouvel associé dans notre commerce illégal de médicaments ! Par quel hasard notre destin se retrouvait-il lié de la sorte ? Naturellement, la jeune Mme Kotani possédait une excellente mémoire auditive, comme toutes les standardistes. Elle s'est immédiatement rendu compte que la voix du meurtrier correspondait à celle de Hamazaki. Je l'ai deviné. La laisser vivre aurait entraîné notre perte à tous trois. Son désir de réentendre la voix de Hamazaki a servi notre projet et lorsque je lui ai appris qu'il se trouvait à Kodaira avec son mari, elle m'a suivi là-bas les yeux fermés, avec l'intention de s'assurer qu'il s'agissait bien du meurtrier, je pense. Elle est tombée aisément dans notre piège.

La Collaboratrice d'une revue de haïkus

1

La revue de haïkus datée du mois d'avril et intitulée *L'Epi du roseau* était prête à être imprimée lorsque son rédacteur en chef, Bakujin Ishimoto, eut avec les membres du comité de rédaction, Riko Yamao, Seisa Fujita et Shizuko Nishioka, la conversation suivante autour d'une tasse de thé. Bakujin était médecin, et ce genre de réunion se tenait toujours chez lui.

— Ce mois-ci encore, Sachijo Shimura ne nous a fait parvenir aucun haïku, remarqua Riko Yamao, propriétaire d'une librairie de livres d'occasion.

— Elle ne nous a rien envoyé, en effet, constata Bakujin en regardant les épreuves.

— Cela fait trois fois de suite. Elle doit vraiment être très souffrante, vous ne croyez pas ? dit Seisa en se tournant vers Bakujin. Employé dans une société d'import-export, célibataire, il était, à vingt-huit ans, le plus jeune d'entre eux.

— D'après ce que je sais, elle aurait un ulcère à l'estomac.

— C'est sérieux, n'est-ce pas ? Mais de nos jours, il paraît qu'une opération permet d'en guérir facilement.

— Dans un hôpital normal, oui. Mais sont-ils capables d'intervenir immédiatement et de pratiquer cette opération dans un tel endroit ?

Bakujin semblait en douter.

Par « un tel endroit », il désignait un hôpital où l'on soignait gratuitement les nécessiteux, l'Aikoen, situé à

H., une ville de la préfecture voisine. Sachiko Shimura collaborait à *L'Epi du roseau* depuis la première année et, une fois, Bakujin avait choisi l'un de ses poèmes pour figurer en ouverture de la revue. Au-dessus du nom de l'auteur avait été imprimé en petites lettres celui de l'Aikoen, comme s'il s'agissait de son adresse. En réalité, elle avait été hospitalisée là.

— Vous voulez dire qu'ils ne peuvent opérer à cause de leur budget ? demanda Riko.

— Ils ont un budget restreint, c'est évident. A vrai dire, je ne sais pas s'il faut l'opérer ou non, mais, en revanche, je suis certain qu'ils n'ont pas les moyens de la soigner correctement.

Bakujin dirigeait un hôpital prospère. Il regarda les trois autres, les verres de ses lunettes scintillant dans la lumière.

— C'est terrible ! s'exclama Shizuko. Mariée à l'un des directeurs d'une grande entreprise et mère de deux enfants, elle donnait toujours l'impression de quelqu'un qui semblait ne manquer de rien. N'a-t-elle pas de famille ?

— Sûrement pas, puisqu'elle se trouve dans cet hôpital, répliqua Bakujin en portant une cigarette à ses lèvres.

— Quel âge peut-elle avoir ? demanda Riko.

— J'ai reçu une lettre un jour, vous savez... un mot de remerciement quand nous avions sélectionné son haïku en ouverture. Si je me souviens bien, elle disait avoir trente-trois ans.

A voir le visage de Shizuko, on devina qu'elle songeait au nombre d'années la séparant de celui de Sachijo.

— Et elle ne s'est jamais mariée ?

— Je l'ignore. Nous ne lui avons pas posé de questions sur sa vie privée.

Les yeux de Bakujin se plissèrent tandis qu'il s'adressait à Riko.

— Mais sérieusement, nous devrions lui écrire une autre lettre, vous ne trouvez pas ? En lui disant qu'elle ne nous a pas rédigé de haïku depuis trois mois et que...

— Une autre lettre ?

— Oui. Le mois dernier, je lui ai envoyé une carte dans laquelle je m'inquiétais de sa santé et lui suggérais de nous faire un poème. D'autre part, elle n'a payé sa cotisation que deux fois seulement, mais nous pourrions l'en dispenser, vous ne croyez pas ? Parmi toutes les personnes qui nous envoient des poèmes, elle me semble vraiment exceptionnelle.

— Tout à fait, approuva Shizuko, c'est quelqu'un que j'avais également remarqué.

— Aviez-vous reçu une réponse ? s'enquit Seisa.

— Rien du tout. Et comme jusque-là elle avait collaboré à la revue avec beaucoup d'enthousiasme, je crains que sa maladie n'ait empiré.

Bakujin souffla de la fumée.

— Docteur, dit Seisa, je vous en prie, écrivez-lui. Peu importent ses poèmes, mais si elle est gravement malade, nous nous devons de la réconforter.

— Oui, j'en avais justement l'intention.

— Ecoutez, je viens de me souvenir de l'un de ses haïkus.

Ma solitude
Un cocon roule, roule
La paume de ma main.

— Elle doit être seule au monde, sans toit ni famille.

— Le cocon ? Mais bien sûr !

Bakujin avait posé un coude sur le bord de la table et tenait une cigarette à la main, le regard dirigé vers le plafond. Les trois autres restaient absorbés dans leurs pensées.

Un mois plus tard, les mêmes se rassemblèrent à nouveau chez Bakujin pour la rédaction du numéro de mai.

— Docteur, vous n'avez rien reçu ? demanda Seisa.

— Quoi ? Ah, tu veux parler de Sachijo Shimura ?

— Oui. J'ai bien regardé tous les poèmes qui sont arrivés. Elle n'a rien envoyé.

— C'est vrai, en effet. Je lui ai écrit, mais ma lettre est restée sans réponse. Elle aurait pu demander à quelqu'un de le faire à sa place, dit Bakujin, légèrement contrarié.

— Qu'est-ce qui a pu arriver ? murmura Shizuko.

Riko se pencha vers Bakujin.

— Vous ne pensez pas qu'elle est morte, tout de même ?

— Si c'était le cas, l'hôpital nous aurait prévenus ou, au moins, retourné ma lettre.

— Et si, tout simplement, ils s'en fichaient à l'Aikoen ?

— Mmm... Mmm...

L'expression de Bakujin semblait pencher pour cette possibilité.

— Je ne peux imaginer qu'elle ne soit plus de ce monde. De toute façon, l'Aikoen nous aurait fait parvenir un avis de décès, car non seulement nous avons écrit personnellement à Sachijo mais, en plus, nous lui avons envoyé chaque mois notre revue, ajouta Shizuko.

— Je suis d'accord, dit Seisa, elle doit être gravement souffrante, et même si la lettre lui a été lue, elle n'aura pas trouvé la force de dicter sa réponse.

— Tu dois avoir raison, intervint Bakujin qui semblait avoir reconsidéré la question. Et si j'essayais de me renseigner auprès du responsable de l'hôpital ?

— Et puis, docteur, reprit Seisa, au début du mois prochain a lieu la réunion de haïkus organisée pour les membres de notre association résidant dans la ville de A. Vous avez prévu d'y assister, n'est-ce pas ? A. est proche de H., à une quarantaine de minutes en train. Nous pourrions passer à l'Aikoen, avant ou après la réunion, qu'en dites-vous ? Si vous lui rendiez visite, vous lui feriez un grand honneur, et comme cela tombe un dimanche, je pourrais vous accompagner.

Bakujin regarda Seisa.

— Dis donc, tu m'as l'air passionné !

Les yeux du docteur Ishimoto brillaient malicieusement derrière ses lunettes, et il émit un léger rire. Il fumait beaucoup et quand il riait, on pouvait voir ses dents jaunies par la nicotine.

— En tout cas, c'est une excellente idée puisque A. est si près. Si tu viens avec moi, Seisa, je vais essayer de faire un effort.

— Oh oui, je vous en prie, allez-y ! le supplia Seisa en s'inclinant. Si Sachijo n'a aucune famille, je la plains bien sincèrement.

Riko dit qu'il aimerait venir également s'il parvenait toutefois à se libérer. Ainsi fut-il convenu entre eux.

2

Un beau dimanche du mois de mai, Bakujin et Seisa se rendirent à la réunion de haïkus destinée aux collaborateurs de *L'Epi du roseau* habitant la ville de A. qui, bien que faisant partie de Tokyo, se trouvait tout près de la préfecture voisine. Riko s'était excusé, ayant à participer à une foire aux livres d'occasion.

La réunion se termina à 15 heures. Invité à rester, Bakujin déclina l'offre en prétextant un rendez-vous d'affaires et, en compagnie de Seisa, prit un train pour H. L'hôpital se trouvait encore à six kilomètres de la gare, et le car qui les conduisit longea des champs de colza au-delà desquels scintillait l'eau de vastes marais. Il devait y avoir des hameaux en bordure des rivières.

L'Aikoen se dressait au milieu d'une forêt. A première vue, la vieille bâtisse en bois composée de trois bâtiments contigus délabrés était sinistre, mais dans le parterre luxuriant de l'entrée s'épanouissait une profusion d'azalées en fleur.

Au bureau de la réception couvert de poussière, la tête d'une infirmière surgit dans l'entrebâillement de la petite fenêtre coulissante qu'elle venait d'ouvrir.

— Nous voudrions voir Mlle Shimura, Sachijo Shimura, dit Seisa.

— Sachijo Shimura ? De l'autre côté de la fenêtre, l'infirmière au visage émacié fronça les sourcils. Oh ! Mais elle a quitté l'hôpital, répondit-elle, en les dévisageant avec méfiance.

— Quitté l'hôpital ? Et quand ?

— Eh bien... il y a trois mois environ.

Bakujin et Seisa échangèrent des regards.

— Cela signifie donc qu'elle allait mieux ?

— Euh...

L'infirmière semblait indécise.

— Et vous connaissez son adresse actuelle, l'endroit où elle est allée après avoir quitté l'hôpital ?

— Euh...

Bakujin s'écarta de Seisa et présenta à la femme revêche sa carte de visite.

— Je m'appelle Bakujin Ishimoto. Si le médecin-chef de l'hôpital est là, j'aimerais le voir au sujet de Mlle Shimura.

L'infirmière regarda sa carte. Sous le nom étaient inscrits ses diplômes de médecine.

— Attendez un moment.

Le visage en lame de couteau disparut. Ils eurent largement le temps de fumer une cigarette jusqu'à ce qu'elle revienne et les amène dans une salle de réception dénudée.

Le directeur, un homme bedonnant de plus de cinquante ans, avait une figure sympathique et chaleureuse qui contrastait avec l'austérité du lieu. Il tenait une fiche médicale à la main.

— Veuillez m'excuser de vous déranger. Je suis venu en espérant rencontrer Mlle Shimura, mais on me dit qu'elle est partie, dit Bakujin.

— En effet, le 10 février, constata le directeur en regardant sur sa fiche.

— Et sa maladie ? Elle était guérie ?

— Tenez, regardez ceci.

Le directeur tendit la fiche médicale à Bakujin qui ôta ses lunettes et lut attentivement.

— Je vois... Bakujin releva bientôt la tête et remit ses lunettes. De toute évidence, elle n'était pas au courant.

— C'est exact. Nous lui avions seulement dit qu'elle avait un ulcère à l'estomac, répliqua le directeur.

Puis Bakujin et lui discutèrent ensemble pendant quelques minutes, employant des termes médicaux allemands incompréhensibles pour Seisa.

— Je vous remercie infiniment, dit Bakujin, je ne connais pas personnellement Mlle Shimura, mais comme elle nous a souvent envoyé des poèmes pour ma revue de haïkus, j'étais venu lui rendre visite.

— Oh, maintenant que vous m'en parlez ! Elle gardait toujours à son chevet une revue de haïkus, s'est souvenu le directeur.

— C'est une personne qui adorait nous envoyer des poèmes. Mais il y a trois mois, subitement, plus rien ne nous est parvenu, et je me suis demandé ce qui avait bien pu se passer, expliqua Bakujin.

— Trois mois, cela correspond exactement à l'époque où Mlle Shimura a quitté l'hôpital.

— Mais dans son état, que pouvait-elle faire ? Quelqu'un l'a-t-il recueillie ?

— Oui, un homme est venu la chercher pour l'épouser.

— L'épouser ?

Bakujin et Seisa regardèrent tous deux avec stupéfaction le directeur.

— C'était tellement inattendu. Laissez-moi vous expliquer.

Le directeur sourit et leur raconta l'histoire suivante.

Sachijo Shimura, qui s'appelait en réalité Sachiko Shimura, n'avait pas de famille. Elle était née dans la ville de M., en Shikoku, également considérée comme son domicile légal. Vers la fin de l'année dernière, l'Aikoen lança sa demande de dons annuelle en faveur de ses patients déshérités. Comme d'habitude, elle parut dans la presse. Un homme du nom d'Eitaro Iwamoto, résidant à Nakano, Tokyo, réagit en envoyant 5 000 yen accompagnés d'une lettre dans laquelle il spécifiait que cette somme devait être donnée aux malades originaires de M. en Shikoku, sa ville natale. Sachijo répondant seule à cette condition, les 5 000 yen lui furent versés intégralement, ce dont fut informé Iwamoto. Elle lui écrivit un mot de remerciement.

En retour, Iwamoto lui fit parvenir une lettre où il lui prodiguait des paroles d'encouragement. A laquelle Sachijo répondit. Ces échanges se renouvelèrent trois ou quatre fois, puis un jour, Iwamoto se présenta à l'hôpital pour faire connaissance avec sa protégée. C'était un homme distingué d'environ trente-cinq ans. A nouveau, il lui fit don de 3 000 yen, et sa bonté apporta le réconfort à la malheureuse malade qui venait de la même ville que lui.

Iwamoto vint encore deux fois. Qui sait où se trouve la part du destin, mais toujours est-il que l'amour naquit entre Sachijo et Iwamoto. A la fin du mois de janvier, il demanda à rencontrer le directeur et le pria de lui confier sa patiente, car ils avaient l'intention de se marier. Il l'aiderait à recouvrer la santé, assurait-il.

— Je n'y vois aucune objection, mais il faut que vous sachiez quelle est la véritable maladie de Sachijo, commença le directeur. Ce n'est pas un ulcère à l'estomac comme nous le lui avons annoncé. Elle est en réalité atteinte d'un mal incurable, un cancer de l'estomac. Vraisemblablement, il ne lui reste pas six mois à vivre.

Iwamoto semblait profondément bouleversé et réfléchit gravement quelques instants avant de prendre cette décision : « Elle est d'autant plus à plaindre dans ce cas. Ce serait affreux de la laisser mourir dans un endroit comme celui-là. Ne serait-ce que pour trois à six mois, je souhaite au moins lui rendre ses derniers moments heureux. Je veux qu'elle meure chez moi. » Il renouvela sa demande, et le directeur, touché par sa douloureuse requête, lui donna son consentement.

— Ainsi, grâce à cet homme, et bien que ce soit pour un laps de temps terriblement court, Sachijo a enfin pu trouver le bonheur à la fin de sa vie, remarqua Bakujin. Vous connaissez son adresse ?

— Oui. Je l'ai notée.

Le directeur appela une infirmière qui arriva avec le carnet demandé. Il le feuilleta en suivant de l'index la colonne des noms.

— Voilà ! C'est dans le quartier de X., à Nakano, Tokyo.

Bakujin recopia l'adresse dans son calepin.

— A propos, nous avions dernièrement envoyé deux lettres à Sachijo, aux bons soins de l'Aikoen. Les avez-vous fait suivre à sa nouvelle adresse ?

Le directeur vérifia auprès de l'infirmière, qui confirma. La correspondance de la patiente avait bien été mise dans des enveloppes de réexpédition et postée.

— J'ai donné des ordres pour que les lettres adressées aux malades soient réexpédiées sans faute, insista le directeur.

3

— C'est vraiment curieux que nous n'ayons reçu aucune réponse, dit Bakujin d'un air soucieux. Peut-être le pire est-il arrivé ?

— Je ne sais, mais vu l'état critique dans lequel elle a quitté l'hôpital au mois de février, je ne lui donne en réalité pas plus de quatre mois à vivre.

Bakujin fuma silencieusement une cigarette. Le visage de Seisa avait lui aussi revêtu une expression solennelle. Au-dessus d'eux, les lampes au néon s'allumèrent.

Lorsqu'ils sortirent à la nuit tombante, un brouillard blafard rampait sur les champs environnants.

— Vous pensez que Sachijo est morte ? demanda avec inquiétude Seisa à Bakujin tandis qu'ils attendaient le car sur la route de campagne.

— A mon avis, oui. D'après la fiche médicale, son cancer était déjà très avancé, en phase terminale, répondit le docteur Ishimoto dont le dos parut soudain encore plus voûté. Aujourd'hui, nous sommes le 10 mai.

Comme elle a quitté l'hôpital le 10 février, cela fait exactement trois mois. Il est possible que ce soit déjà fini.

— Si c'est vrai, je la plains de tout mon cœur, balbutia Seisa.

— Oui, mais quelle chance que cet homme compatissant soit intervenu. C'est extraordinaire, non, quand on songe à tous les malades qui meurent seuls et abandonnés dans ce genre d'hôpital. D'une certaine manière, Sachijo a été une femme comblée. Elle a eu l'immense bonheur de connaître l'amour juste avant de mourir.

Les deux hommes arrivèrent à Tokyo tard dans la soirée.

Le lendemain matin, Seisa surgit chez Bakujin qui n'était pas encore levé.

— Il est horriblement tôt, non ?

— Excusez-moi, mais je pars travailler. Hier soir, j'ai consulté nos anciennes revues et relu les poèmes de Sachijo.

Les yeux du jeune Seisa brillaient.

— Elle était vraiment amoureuse. Cela transparaît dans l'un de ses derniers poèmes.

Attendre le printemps
Attendre l'homme longtemps
Je lisse le bord de ma couette.

Elle attendait Iwamoto sur son lit d'hôpital miteux.

— Je vois... Bakujin se frotta les yeux d'un air endormi. Ce qui tendrait à prouver que Sachijo avait réellement trouvé le bonheur, n'est-ce pas ?

— Docteur... Seisa se pencha en avant et dit sur un ton survolté : Je veux savoir ce qu'elle est devenue. Si jamais elle était morte, j'aimerais faire brûler de l'encens sur son autel.

— Comme tu veux.

Bakujin se leva, sortit de sa poche le calepin sur lequel il avait noté l'adresse de Sachijo et ôta ses lunettes.

— Tiens.

Seisa recopia les coordonnées sur son propre carnet. Bakujin alluma une cigarette et le regarda.

— Depuis hier, Sachijo semble vraiment te préoccuper...

— Ecoutez, ses haïkus nous ont tellement plu que nous les avons sélectionnés. Pour cette raison, je me sens étrangement proche d'elle, dit Seisa en rendant le calepin.

Bakujin hocha la tête.

— C'est vrai, et comme nous avons déjà choisi un de ses poèmes pour figurer en ouverture de notre revue, c'est quelqu'un qui représente beaucoup pour nous. Allez, va donc voir comment elle va.

Seisa s'inclina et partit. Bakujin alla faire sa toilette.

Toute la journée, le docteur Bakujin remplit ses fonctions de médecin-chef. Quand il rentra chez lui le soir, il prit un bain. Il était en train de boire un verre de saké lorsque Seisa réapparut, l'air déprimé.

— Alors, tu y es allé ?

— Oui, j'y suis allé.

— Cela a dû être pénible. Tiens, prends un verre.

Bakujin lui versa à boire, mais Seisa laissa le verre sur la table.

— Eh bien ! Comment va-t-elle ?

— Elle est morte, dit Seisa d'une voix caverneuse.

— A la tête que tu faisais quand tu es entré, je m'en suis douté. Quelle tristesse ! compatit Bakujin. As-tu offert de l'encens ?

— Non, son mari a déménagé il y a un mois.

Seisa prit son verre.

— Déménagé ? Mais alors, comment as-tu appris la mort de Sachijo ?

— Par les voisins.

Et Seisa raconta ce qui s'était passé.

Vers 18 heures, une fois sa journée de travail terminée, il était allé à Nakano pour se rendre à l'adresse indiquée qu'il avait eu beaucoup de mal à dénicher en marchant pendant une vingtaine de minutes depuis la gare. La maison des Iwamoto, ancienne et minuscule, se trouvait un peu à l'écart, dans un quartier résidentiel. Cependant, lorsqu'il frappa à la porte, ce fut un nouveau locataire qui vint lui ouvrir, l'informant que son prédécesseur avait déménagé un mois plus tôt, peu après le décès de sa femme.

Ensuite, Seisa était allé chez le propriétaire pour obtenir plus de précisions. Iwamoto avait loué la maison au mois de novembre de l'année dernière. Il travaillait dans une société, à Marunouchi. Célibataire, il partait jusqu'à vingt jours par mois en voyage d'affaires, et la maison restait généralement fermée. Les voisins critiquaient cette façon de jeter l'argent par les fenêtres en payant un loyer aussi élevé pour une maison la plupart du temps inhabitée. Les rares fois où il était présent, ils regardaient discrètement par-dessus la palissade et l'apercevaient en train de faire le ménage.

En février, pourtant, il avait épousé une femme qui était venue vivre avec lui. Malade et alitée, elle demeurait confinée à l'intérieur. Deux jours par semaine, un médecin que personne n'avait jamais vu dans le coin lui rendait visite. Son mari qui voyageait beaucoup, sans doute parce que lui-même ne pouvait s'occuper de son épouse, avait engagé une employée de maison. Elle non plus ne sortait pas souvent. Ils n'avaient quasiment aucun contact avec leurs voisins, comme cela arrive fréquemment à Tokyo, et ceux-ci ne connaissaient donc pas vraiment leur situation.

Vers le début avril, dans la nuit, ils entendirent plusieurs fois une automobile s'arrêter devant la maison des Iwamoto. Le lendemain, un avis portant la mention *En deuil* était apposé sur la porte d'entrée. C'est ainsi que les voisins apprirent que la femme de la maison d'à côté venait de mourir. Un corbillard arriva dans l'après-midi et les employés des pompes funèbres procédèrent à la levée du corps. Iwamoto n'avait probablement ni parent ni ami, car le visage marqué par la douleur, il se rendit seul au crématorium dans le corbillard. Ses voisins, uniques témoins de ce triste départ, constatèrent qu'ils n'avaient jamais vu d'obsèques aussi pitoyables. Trois jours plus tard arrivèrent deux ou trois personnes, de sa famille semblait-il.

Peut-être Iwamoto se sentait-il gêné de la manière dont s'étaient déroulées les obsèques, ou bien, après la perte de sa femme, ne pouvait-il plus vivre dans cette maison, en tout cas il résilia sans tarder son contrat auprès du propriétaire et déménagea.

— Le propriétaire m'a dit combien il plaignait Iwamoto. Vous vous rendez compte, docteur, Sachijo est morte à peine deux mois après qu'il l'ait épousée ! dit Seisa d'un air abattu.

— C'est malheureusement ce que je craignais, murmura Bakujin.

— Le cancer de l'estomac peut-il réellement se montrer si redoutable ?

— Oui, c'est possible. Lorsque, il y a deux mois, le directeur de l'hôpital avait annoncé à Iwamoto qu'il restait à sa patiente moins de six mois à vivre, il parlait de la durée maximale. En fait, elle a cessé de vivre au bout de deux mois seulement. Quel malheur ! Le bonheur inespéré de Sachijo ne se sera pas prolongé longtemps. Dans l'éditorial du prochain numéro, je vais insérer une nécrologie.

— Vous avez raison. Mais j'éprouve aussi de la pitié pour Iwamoto.

— Oui, je te comprends.

Seisa rentra chez lui un peu après 22 heures, légèrement ivre. Bakujin prit un bain.

Tandis qu'il trempait dans l'eau chaude, il ne pouvait ôter de son esprit la mort de Sachijo et son bonheur trop bref. Ses obsèques avaient été tristes, mais elle se serait sûrement réjouie que seul Iwamoto l'ait escortée.

Il en était là de ses réflexions lorsqu'il fixa soudain le plafond embué par la vapeur d'eau chaude. Une idée en tête, il resta pendant un moment perdu dans ses pensées.

4

Le lendemain, Bakujin téléphona à Seisa à son bureau pour le prier de passer chez lui dans la soirée.

Celui-ci arriva vers 19 heures.

— En quoi puis-je vous être utile ?

— C'est au sujet de Sachijo.

Seisa se frotta la joue en s'adressant à Bakujin.

— On voit que la mort de Sachijo vous a également affecté. La nuit dernière, je ne me suis pas senti très bien moi non plus.

— Je voudrais te demander quelque chose. D'après le propriétaire, quelques jours après l'incinération de Sachijo, des personnes semblant faire partie de la famille sont venues voir Iwamoto, n'est-ce pas ?

— Oui.

— Comme Sachijo n'avait pas de parents, ce devait être ceux d'Iwamoto. Mais ils sont venus trois jours après les obsèques, c'est un peu tard, tu ne trouves pas ?

— Mais s'ils vivent en province, c'est sans doute le temps qu'il leur a fallu pour arriver.

— Bien sûr, Iwamoto est du Shikoku. Donc, s'ils arrivaient de cette région, c'est tout à fait normal. Cependant, Sachijo vivait depuis deux mois seulement avec Iwamoto. Je ne suis pas certain qu'ils aient fait enregistrer leur mariage au registre d'état civil. La famille d'Iwamoto avait dû être prévenue par courrier, et ils n'avaient vraisemblablement jamais rencontré Sachijo. Ils étaient donc peu liés avec elle. Se seraient-ils spécialement déplacés d'aussi loin pour la mort d'une personne qu'ils ne connaissaient pas du tout ?

— Je vois ce que vous voulez dire. Mais même si leur mariage ne remontait qu'à deux mois, Sachijo était la femme d'Iwamoto, après tout. Après avoir reçu le télégramme annonçant son décès, ils auront décidé de monter à Tokyo. Vous savez, les gens de la province ont un sens du devoir très prononcé.

— Tu crois ?

Bakujin réfléchit en fumant une cigarette.

— A propos, la nuit où Sachijo est morte, tu m'as dit que les voisins avaient entendu à plusieurs reprises le bruit d'une automobile devant la maison, n'est-ce pas ?

— Oui.

— J'aimerais davantage de détails... Par exemple, combien de fois et vers quelle heure cela s'est produit. Quand tu y retourneras, tâche plutôt d'obtenir des renseignements auprès des voisins, ils en savent certainement plus que le propriétaire. Et puis essaie aussi d'apprendre si Iwamoto sait conduire.

— Qu'est-ce vous vous voulez insinuer, docteur, auriez-vous des doutes sur les causes de la mort de Sachijo ? demanda Seisa, les yeux écarquillés.

— Je n'ai pas de soupçon *a priori*. Mais je voudrais seulement savoir, dit Bakujin sur un ton ambigu.

— Bon, si vous insistez, je vais me renseigner.

— Ne te vexe donc pas comme ça. Ah, au fait ! D'où sort le médecin qui se rendait au domicile de Sachijo ? Tu m'as rapporté qu'il n'était pas un habitué du quartier, mais demande si quelqu'un l'avait reconnu dans le voisinage. Et puis...

— Attendez, je vais prendre des notes.

Seisa sortit de sa poche le carnet qu'il utilisait pour écrire des poèmes. Bakujin continua.

— Ensuite, l'entrepreneur des pompes funèbres. Tu me cherches qui s'est occupé des obsèques. Et enfin, le plus important : quand Sachijo est venue vivre chez Iwamoto, une employée de maison a été engagée. C'est bien ce que tu m'as dit, n'est-ce pas ? Je voudrais que tu saches quelle agence l'a envoyée.

— Rien d'autre ? Bien, j'ai tout noté.

Seisa eut l'air de vouloir dire quelque chose, mais il se retint et partit peu après.

Seisa revint le surlendemain soir.

— J'ai mis du temps, je vous prie de m'excuser.

— Non, non, tu te donnes beaucoup de mal. Alors, qu'est-ce que tu as trouvé ? lui demanda Bakujin avec impatience.

— Malheureusement, je n'en ai pas beaucoup appris.

L'air découragé, Seisa fit son rapport.

— J'ai interrogé les habitants de la maison voisine. Comme ils n'entretenaient pas de relations avec Iwamoto, ils ne sont pas bien au courant. Mais la nuit de la mort de Sachijo, leur fils aîné, qui est étudiant, a travaillé très tard et a entendu la voiture.

Seisa parlait en regardant ses notes sur son carnet.

— La première fois, il était à peu près 23 heures lorsqu'une voiture s'est arrêtée devant chez Iwamoto. Après le bruit d'ouverture de la porte d'entrée, il a entendu entrer quelqu'un qui venait sans doute de descendre du véhicule. A ce moment-là a retenti une voix de femme.

— Quoi, une voix de femme ? Celle de l'employée de maison, je suppose.

— Il dit que non. Il a déjà eu l'occasion de l'entendre, et elle était différente. Puis une heure plus tard environ, le moteur a été remis en route et la voiture est partie. Plus personne n'a parlé. Ayant fini de travailler, il s'apprêtait à aller se coucher quand une voiture s'est arrêtée à nouveau devant la maison d'Iwamoto. Il était dans les 2 heures du matin.

— Attends, attends...

Bakujin prenait des notes.

— Dans ce cas, la voiture était encore devant la maison le lendemain matin, n'est-ce pas ?

— Non, elle est repartie vers 6 heures. La femme de la maison voisine venait de se réveiller. D'autre part, il paraît qu'Iwamoto sait conduire. Il aurait été vu au volant d'une Renault ou quelque chose comme ça.

— Bien... Essayons de récapituler.

Bakujin commença une nouvelle page et dressa la liste suivante.

Automobile (arrive) vers 23 heures.
(part) vers minuit.
(arrive) vers 2 heures du matin.
(part) vers 6 heures du matin.

— Voilà. Et le médecin ?

— Personne ne l'a jamais vu dans le voisinage. C'est un homme âgé, qui visitait la malade en général deux fois par semaine.

— Et l'entreprise de pompes funèbres ?

— Pas de chance de ce côté non plus, les voisins ne la connaissent pas. Il ne me restait donc plus qu'à faire le tour des trois entreprises du quartier. Mais d'après leurs registres respectifs, aucune ne s'est occupée d'obsèques au nom de la famille Iwamoto ce jour-là.

— Tu consacres beaucoup de temps à toutes ces recherches, j'ai l'impression. Et l'employée de maison ?

— Là encore, je n'ai rien appris. Il semblerait qu'elle n'ait jamais adressé la parole à qui que ce soit dans les environs. Elle a la trentaine, jolie, c'est une femme de caractère, m'a-t-on dit.

— Ah oui !

Bakujin laissait sa cigarette se consumer et, les yeux fermés, réfléchissait.

Seisa but son thé et regarda Bakujin.

— Docteur Ishimoto, y a-t-il quelque chose de bizarre ?

— En fait, ce n'est pas bizarre à proprement parler...

Bakujin ouvrit les yeux et sourit à Seisa.

— Mais ne t'en fais donc pas. Je te remercie pour tout le mal que tu t'es donné.

Seisa lui rendit son sourire :

— Sachijo exerce également une sorte de fascination sur vous, n'est-ce pas ?

5

Le lendemain matin, Bakujin s'acquitta de ses tâches à l'hôpital, puis sortit aussitôt après.

Tout d'abord, il alla à la mairie de Nakano se renseigner auprès d'un employé. Aucun certificat de crémation au nom de Sachijo Iwamoto n'avait été délivré au cours du mois d'avril. Puis il passa dans quatre ou cinq entreprises de pompes funèbres de Nakano, mais en vain.

Bakujin se rendit au bureau de l'Ordre des médecins pour déposer une demande d'enquête et rentra chez lui. Deux jours plus tard, il reçut les résultats : le médecin qui allait chez les Iwamoto et avait rempli le certificat de décès était un professeur d'Ikebukuro, le docteur Y.

Bakujin lui téléphona pour lui poser quelques questions.

— Votre patiente s'appelait-elle Sachijo Iwamoto ou Sachiko Shimura ?

— Ni l'un ni l'autre, répondit le docteur Y. qui s'était fait apporter la fiche médicale. Elle s'appelait Yasuko Kusakabe, trente-sept ans, épouse de Shunsuke Kusakabe.

— Yasuko, épouse de Shunsuke Kusakabe ?

Bakujin nota les noms, ses doigts serrant le stylo tremblaient légèrement d'excitation.

— Cette maison n'était-elle pas celle des Iwamoto ?

— Si, répondit le professeur, c'était bien le nom indiqué sur la porte. Comme je m'en étonnais, j'ai interrogé Kusakabe à ce sujet. Il partageait la maison avec un ami, m'expliqua-t-il.

— Je vois... Et la maladie de cette femme ?

— Un cancer de l'estomac. Dès ma première visite, il était déjà trop tard, il n'y avait plus rien à faire. Mais je suis passé régulièrement pendant un mois. C'était la première fois que je venais à Nakano et également la première fois que l'on m'appelait en dehors de mon périmètre. J'avais trouvé cela étrange.

— A quelle heure est-elle décédée ?

— On m'a prévenu par téléphone. Je suis arrivé immédiatement, le 10 avril à 23 h 30. Elle avait expiré une heure plus tôt, m'a dit Kusakabe. Ce qui correspondait en effet à l'état du corps. C'est donc l'heure que j'ai inscrite sur le certificat de décès.

— Et les personnes présentes ?

— Seulement son mari et une femme, l'employée de maison, je pense. Ils pleuraient tous les deux.

— Je vous remercie beaucoup.

Après avoir raccroché, Bakujin resta un moment debout, immobile. Puis il fit chercher sa voiture et se rendit au commissariat de police.

Une semaine plus tard, un homme de trente-huit ans, Shunsuke Kusakabe, fut arrêté à Shinagawa, soupçonné du meurtre de sa femme. Il vivait avec sa maîtresse, la prétendue employée de maison.

Il avait voulu se débarrasser de sa femme afin de toucher sa police d'assurance-vie de 2 millions de yen. Une amie de sa maîtresse, infirmière à l'Aikoen, avait raconté à celle-ci qu'une malheureuse malade de l'hôpital, une certaine Sachijo Shimura, allait mourir seule au monde et abandonnée de tous, car elle n'avait plus de famille. Quand Kusakabe l'apprit, il mit au point un plan machiavélique. Il recueillerait Sachijo, et à sa mort, ferait établir le certificat de décès au nom de sa propre femme, puisqu'elles avaient approximativement le même âge. D'après l'infirmière, Sachijo était née à M. en Shikoku. Shunsuke se rapprocha d'elle par l'intermédiaire de sa donation en faveur d'un malade nécessiteux originaire de sa ville natale. Il vint fréquemment lui rendre visite et fit semblant de tomber amoureux d'elle. Souffrant d'un terrible manque affectif, assoiffée d'amour, Sachijo fut immédiatement réceptive, et quelle ne fut pas sa joie lorsqu'il lui proposa le mariage ! Il l'emmena dans la maison louée à Nakano pour cette occasion, suivant le plan qu'il avait échafaudé.

Sachijo ignorait qu'elle était atteinte d'un cancer et, jusqu'à la fin, elle crut à un ulcère. La bonté de Shunsuke, celle de l'installer chez lui afin qu'elle puisse recouvrer la santé, lui fit donc couler des larmes de reconnaissance. Il engagea même une employée de maison qui fit office de garde-malade. Bien entendu, Sachijo ne s'aperçut pas que celle-ci était la maîtresse et la complice d'un crime imminent.

En réalité, le domicile légal de Shunsuke se trouvait à Setagaya, où il vivait avec sa femme légitime. Il disait partir en voyage d'affaires et, s'il ne se montrait pas souvent dans sa maison de Nakano, c'était parce qu'il devait demeurer à Setagaya. Ayant mené son plan avec prudence et minutie, il lui restait dorénavant à attendre la mort de Sachijo.

Sachijo est morte le 10 avril, juste après 23 heures. Au moment de mourir, il est possible qu'elle ait deviné la véritable nature de l'employée de maison, mais elle n'était plus en mesure d'entreprendre quoi que ce soit. Dès que Sachijo eut rendu son dernier soupir, Shunsuke – par chance, il était sur place – se rendit aussitôt chez lui à Setagaya et invita sa femme à monter dans la voiture empruntée à un ami, lui dit-il. Il invoqua une raison quelconque et la conduisit à Nakano. C'est sa voix qu'entendit le fils des voisins à sa descente de voiture.

A peine rentrée à l'intérieur de la maison, Shunsuke la renversa en arrière et l'étrangla. Sa maîtresse lui appuya la main sur la bouche, retenant ses deux bras. Une fois morte, son corps fut caché à l'arrière de la maison. Puis Shunsuke appela le médecin d'un téléphone public voisin.

Le médecin constata la mort de Sachijo et remplit, comme ils l'avaient prévu, le certificat de décès au nom de Yasuko Kusakabe, l'âge des deux femmes étant sensiblement le même.

Après le départ du médecin, Shunsuke mit le corps de son épouse dans le cercueil qu'il avait au préalable acheté et referma le couvercle. Vu l'heure, il risquait de réveiller les voisins en le clouant. Il décida donc de s'en occuper à l'aube. Quant au corps de Sachijo, Shunsuke le transporta discrètement dans la voiture devant la maison et se mit au volant. Il était minuit environ quand l'étudiant entendit s'éloigner le véhicule.

Shunsuke prit l'autoroute Koshu en pleine nuit et abandonna le corps dans la région de Kitatama, sur le bord d'une route déserte entourée de champs de riz, puis il rentra. L'aller-retour lui avait demandé environ deux heures, et c'est encore l'étudiant qui entendit revenir la voiture. Pendant son absence, sa maîtresse était restée sans perdre son sang-froid près du corps de son épouse.

Enfin, Shunsuke ne pouvait garder la voiture empruntée. Il devait la rendre à son propriétaire et partit la rapporter vers 6 heures du matin. C'est le bruit du moteur qui démarrait qu'entendit la voisine à son réveil.

Selon les calculs de Shunsuke, le corps non identifié gisant sur la route de campagne passerait pour celui d'une malheureuse mendiante. Il avait même pris la précaution de la vêtir de guenilles. La police, en effet, considéra qu'il s'agissait du corps d'une pauvre vagabonde malade et le fit enterrer provisoirement dans le cimetière municipal.

Ensuite, Shunsuke annonça la mort de sa femme à sa famille du Hokkaido, dont certains membres vinrent à Tokyo prier devant l'urne placée sur l'autel familial de la maison de Nakano. Comme celle-ci ne leur écrivait que deux ou trois fois par an, ils pensèrent seulement que le couple avait déménagé à Nakano.

Ni Bakujin ni Seisa n'avaient trouvé trace du décès de Sachijo auprès des entreprises de pompes funèbres, qui s'étaient montrées incapables de leur répondre par l'affirmative, car ils avaient donné le nom d'Iwamoto. C'était une entreprise de pompes funèbres de Nakano, en possession d'un certificat de crémation au nom de Yasuko Kusakabe, qui avait transporté le corps dans un corbillard jusqu'au crématorium. Les employés firent part à la police de l'impression étrange qu'ils avaient éprouvée en arrivant chez les Iwamoto. Le corps reposant déjà dans le cercueil fermé dont le couvercle avait même été cloué, ils s'étaient sentis choqués par cette effrayante et macabre démonstration d'efficacité.

Shunsuke avait touché l'argent de l'assurance-vie et vendu sa maison de Setagaya lorsque les inspecteurs vinrent l'arrêter dans l'appartement où il s'était installé avec sa maîtresse.

Quand l'affaire parut dans la presse, Seisa se rendit chez Bakujin et lui demanda :

— Docteur Ishimoto, qu'est-ce qui vous a mis sur la voie ?

— En premier lieu, le fait que la famille soit arrivée trois jours plus tard. Mais surtout, c'est le bruit d'une automobile entendu à plusieurs reprises la nuit de la mort de Sachijo qui m'a mis la puce à l'oreille.

Bakujin consulta les notes qu'il avait prises. Les mots *arrive* et *part* étaient inscrits deux fois chacun.

— Cependant, cela n'était pas une preuve suffisante. Regarde ! Le médecin a dit qu'il était arrivé en voiture vers 23 h 30 pour remplir le certificat de décès. Le bruit de la voiture n'y figure pas, pourquoi ?

Bakujin eut un sourire énigmatique à l'adresse de Seisa.

— Cette maison se trouve dans un quartier où les rues sont étroites. J'y suis moi-même allé pour vérifier. Le médecin a une grande voiture, il ne pouvait donc pas s'engager dans la ruelle qui passe devant la maison et il a dû stationner dans une rue principale. Tandis que le véhicule emprunté par Shunsuke était une petite

Renault. Voilà... Et puis, c'est bien toi qui m'as dit que les voisins l'avaient déjà vu au volant de ce genre de voiture devant la maison.

Et Bakujin ajouta :

— J'ai écrit dans l'éditorial de la revue un panégyrique sur la mort de Sachijo Shimura.

Achevé d'imprimer
sur les presses du

Groupe Horizon

Parc d'activités de la plaine de Jouques
200, avenue de Coulin
F - 13420 Gémenos

Dépôt légal : février 1996